Meine liebsten Weihnachtsgeschichten

Meine liebsten Weihnachtsgeschichten

ausgewählt und herausgegeben von
Karl Merkatz

Haymon

www.haymonverlag.at

Umschlaggestaltung: Haymon Verlag/Stefan Rasberger
Umschlagfoto: Kurt-Michael Westermann
Satz: Haymon Verlag/Thomas Auer

ISBN 978-3-85218-567-5

Vorwort

Als kleiner Junge war es für mich immer sehr spannend, Kripperlschauen zu gehen. Abends, wenn es schon dunkel war und ich vom Jugendhort nach Hause gehen musste, führte mich der Weg an der Neukloster-Kirche vorbei. Mein Weg aber ging zuerst *in* die Kirche, um die Krippe am Seitenaltar anzuschauen. Die Kirche war groß, es brannte kein Licht, nur vereinzelt standen Kerzen leuchtend im Finstern. Es war mir immer gruselig dabei, allein in der dunklen Kirche bis zu der Krippe zu kommen, erst dort war es hell, erleuchtet durch eine Menge brennender Kerzen.

Gegen Ende des Krieges wohnten wir – wegen der Bombardierung der Städte – in einem Dorf auf dem Land.

Wir gingen im tiefen Schnee auf der Landstraße, die noch nicht vom Schnee geräumt wurde, zur Kirche, um die Mitternachtsmette zu feiern. Vor mir die alte Bäuerin mit ihrer großen Laterne, ich, etwas hinten nach, stapfte mit meiner Laterne durch den tiefen Schnee. Als aus der Ferne durch das Tal das erste Glockenläuten zu hören war, sah man durch die Wälder und Hänge einzelne Lichter oder zwei, drei hintereinander, wie Sterne, in das Tal herunterkommen. Als das Zusammenläuten mit zwei Glocken begann, kamen wir vor die Kirche, und die Laternen der Bauern, die zeitgleich eintrafen, beleuchteten den Platz vor der Kirche. Die Kerzen am Altar und auf den Kerzenständern gaben das Licht in dem kleinen Gotteshaus.

Das Nachhausegehen war etwas anstrengender, ich war verschlafen, und so stapften wir schweigsam den Weg wieder zurück. Doch die Stille wurde durch das Brummen der anfliegenden amerikanischen Bomber gestört. Die Kerzen der Laternen wurden aus Angst gelöscht und die Lichter, welche am Himmel zu sehen waren, ließen uns die Flieger zählen, bis wir bemerkten, dass es Sterne waren, die wir durch die ziehenden Wolken gesehen haben. Das Rauschen aber, das zu hören war, kam tatsächlich vom Himmel, von den Flugzeugen. Es waren Silberstreifchen, die in großen Mengen abgeworfen wurden. Sie glitzerten im Mondlicht.

Am Tag holten wir uns die Silberstreifchen und schmückten damit den Weihnachtsbaum. Heute heißt dieses Silber „Lametta".

Ein weiteres Weihnachtsfest ist mir tief in Erinnerung. Ende der 50er-Jahre, als ich nach meinem ersten schauspielerischen Engagement in Deutschland arbeitslos war; auf Anraten von Freunden zog ich mit meiner schwangeren Frau nach Salzburg – aber lesen Sie meine tagebuchartigen Aufzeichnungen darüber in den zwei Geschichten „Die vier Kerzen" und „Wie waren Weihnachten?" selbst nach.

Am Heiligen Abend kommt das Christkind und beschenkt uns. Geschenke haben alle gern, sowohl die Kinder als auch die Erwachsenen. Und das Christkind ist ein besonderer Geschenkebringer, ist es doch Jesus in der Krippe – ER vermag uns Frieden zu bringen. Frieden in der Familie, in der Freundschaft, Frieden allen Menschen auf der Welt.

Ich wünsche allen Leserinnen und Lesern ein wenig Unterhaltung, ein wenig Besinnlichkeit und ein friedvolles Weihnachtsfest!

Karl Merkatz

Inhaltsverzeichnis

Karl Merkatz

Die vier Kerzen

Es ist nicht sehr warm im Raum.

Wir sitzen da und ein wenig fröstelt uns beide. Der kleine Ofen gibt nicht so viel Hitze, wie wir verbrauchen. Es ist uns kälter als sonst, nicht weil das Quecksilber tiefer sank, wir haben nicht sehr viel gegessen. Ja, wir sind augenblicklich nicht sehr beglückt mit den Silberstücken. Es ist alles zu ertragen, aber es friert uns mehr als sonst.

Heute Abend haben wir sehr wenig gegessen. Ein bisschen Zwiebel, Brot und schwarzen Kaffee, wir sind froh, dass wir dies noch haben. Von Mittag war noch ein Stück Wurst über. Es wurde brüderlich geteilt. Ich bekam um ein Stück mehr!

Wir waren uns heute ein wenig böse, aber es war schnell wieder vorüber. Ich konnte nicht feststellen, wer denn schuld war an solch kleinen Plänkeleien. Es ist auch nicht notwendig nachzuforschen, wer anfing oder nicht nachgab! Auf jeden Fall bin ich ein ordentlicher Dickschädel.

Heute ist der vierte Advent!

Das Wetter ist dementsprechend. Es liegt schon Schnee und starker Raureif hängt von den Bäumen. Lustig sehen die kleinen Quadrate der Gitterzäune aus. Sie sind fast verdeckt von langen Zotten, welche der Nebel und die Kälte bilden.

Ich bin froh, dass wir wenigstens ein Zimmer haben und wissen, wo wir zu Hause sind. Es ist zwar noch immer nicht warm, aber wir sind daheim! …

Der vierte Advent und in zwei Tagen ist Heiliger Abend. Es ist der erste in unserem Glück, den wir allein verbringen werden.

Wir haben nachgedacht, was wir uns zu essen bereiten werden. Ein bisschen Fisch und etwas Kartoffelsalat, ein bisschen Tee, Brot und einige Süßigkeiten, die ja doch nicht fehlen dürfen.

Einen kleinen Weihnachtsbaum haben wir uns schon angeschafft. Sieben farbige Glaskugeln haben wir ebenfalls gekauft, dazu etwas Lametta und Kerzen. Wir werden auch einige Süßigkeiten an den Baum hängen.

Auch kleine Geschenke haben wir uns schon besorgt, jeder ganz heimlich. Ein Geheimnis ist wie damals in der Kinderzeit, eine kleine Spannung, eine kleine Vorfreude!

Ich habe meinem kleinen Frauchen rote Fäustlinge gekauft, es friert sie immer so an den Händen. Sie aber glaubte, ich würde ihr Strümpfe schenken.

Die Frauen sind doch neugieriger als die Männer. Sie hat schon überall im Zimmer gesucht. Unterm Schrank, zwischen der Wäsche, in meinen Kleidern, aber sie hat nichts finden können. Mein Versteck war ganz einfach. Im Tonbandgerät hielt ich das kleine Päckchen aufbewahrt. Es steht mitten im Zimmer auf dem Hocker!

Es ist so schön, diese Heimlichtuerei!

Als Bub habe ich auch einmal gesucht, jedoch mit Erfolg! Es war ungefähr der dritte Advent, mein Freund war bei mir und wir suchten und wir fanden, was wir uns erhofften. – Eine kleine, russische Tischkegelbahn. Meine Eltern waren nicht daheim und so hatten wir freie „Kegelbahn“!

Wir spielten, als wäre Weihnachten schon lange vorüber. Wir spielten jeden Tag, wenn die Eltern nicht da waren. Einmal gewann er, Niki, einmal gewann ich. Das Spiel wurde immer heftiger, plötzlich aber kam das dicke Ende. Nicht die Mutter kam plötzlich herein, nein, es war kaputt. Die Schnüre, an denen die Kegel hingen, rissen ab. Schnell damit in den Schrank, hinter die Wäsche, wo es verborgen lag, und so getan, als wäre nichts geschehen.

Diese Weihnachten bekam ich einige auf den Hintern und die Erkenntnis, dass es schöner ist, überrascht zu werden. Ich habe nie mehr nachgeschaut.

Heute haben wir zwei Päckchen gemacht. Geschenke für Freunde. Es sind nur Taschentücher, aber die Beschenkten werden sich freuen und somit werden auch Taschentücher, außer Nasenputzen, ihren Zweck erfüllen. Sie liegen noch neben dem Adventzweig. Einen Kranz konnten wir uns nicht leisten. Einige Tannenzweige, die Martha mit einem rosa Bändchen zusammengebunden und mit vier weißen Kerzen versehen hat, genügten.

Ich stand auf, nahm die Streichhölzer und zündete alle vier Kerzen an, drehte die Glühlampe aus ihrer Fassung und sah stumm in die Flammen. Martha trug gerade das Geschirr weg. Sie kam zurück, schob einen Stuhl an das Tischchen heran, auf dem unser Adventzweig lag.

Ich setzte mich und Martha lehnte ihren Kopf an den meinen und so schauten wir still in das Kerzenlicht. Im Radio spielten Etüden von Mozart. Es war eine weiche Stimmung im Raum.

Die Kerzen brannten ruhig. Es war weißes Wachs. Die kleinen Flammen waren zuunterst hellbläulich und bildeten einen kleinen Bogen. Darüber trug der Docht, mit vor Eifer rot glühendem Köpfchen eine kleine, schneeweiße Flamme. Es sah aus wie ein in die Länge gezogenes Herz!

Es brannten alle vier, die erste war am tiefsten abgebrannt, dann kam die zweite, dritte und vierte. Jede etwas größer, um eine volle Woche später geboren als die vorhergehende. Die vierte ist die jüngste, aber dafür hat sie die Aussicht, Weihnachten mitzufeiern. Sie überragt die erste um eine volle Flammenlänge. Vielleicht ist sie stolz, vielleicht freut sie sich! – Auch Kerzen haben Leben und Gefühl! – Es gibt sogar viele eitle Kerzen, mit viel Ranken um ihren dicklichen Leib. Oder es gibt auch gewundene, mit zwei oder drei Armen, die ineinander verschlungen nach oben sich strecken. Auch gibt es ganz magere Kerzen, die fast nur aus Innenleben bestehen und nur mit einem durchsichtigen Kleid versehen sind. Die sind wohl am wenigsten eitel. Sie lassen sich verbiegen und brennen doch noch schön und verlieren darüber keine Tränen, dass sie nicht gerade stehen können!

Es ist ganz ruhig einen Augenblick, aber gleich wird der Sprecher im Radio das nächste Stück ankünden. Noch ist es still, aber plötzlich beginnt nebenan eine Frau zu singen, nicht besonders schön, aber wie es so ist, sehr laut. Öfters pfeift sie auch, meistens dann, wenn sie über den Flur geht, eigentlich pfeift sie mehr als dass sie singt.

Das nächste Stück im Radio, ein Walzer. Die Kerzen sind schon tiefer gebrannt. Eins, zwei, drei, vier, wie Stufen. Die Treppe zu Weihnachten.

Unser Zweig liegt auf einem kleinen, runden Tischchen, welcher unserer Zimmervermieterin gehört. Martha hat ein Tischtuch darüber gebreitet. Es sind rote Blumen darauf, Quadrate und Blumen, wie die meisten Tischtücher ausschauen. Es hat nicht viel Platz darauf. Neben dem Zweig liegt eine alte Bibel. Durch die Tannennadeln kann ich gerade noch das „Heilige“ lesen. Es ist ein braunes altes Buch, in Leder gebunden und mit Lilien an jeder Ecke verziert. Die Blattkanten sind vergoldet und zwischen den Blättern einige Zettel eingelegt. Die Kanten des Buchrückens sind schon sehr abgewetzt, vielleicht war sie einmal viel im Gebrauch.

Vor einigen Jahren habe ich sie in Zürich erstanden. Ein altes Antiquariat in der Altstadt, im Niederdorf, war oft eine Zufluchtsstätte von mir. Wenn es regnete und ich war gerade in der Nähe oder ich suchte irgendein Buch oder ich war einsam. Immer ging ich dorthin. Der Händler war ein alter Mann, er hatte einen krummen Rücken, und wenn er einmal nicht anwesend war, vertrat ihn ein jüngerer Bursche oder eine ältere Frau. Ich glaube, sie kannten mich alle schon.

Es gab eine Unmenge von Büchern, sie standen alle schön geordnet, in großen, bis an die Decke reichenden Regalen. Um ganz hinauf zu gelangen, musste man auf einen Schemel mit drei oder vier Stufen steigen. Ein sehr hoher Raum war es nicht gerade, ich konnte bis zum letzten Fach langen, wenn ich ganz oben stand. Es gab auch ein ganz großes Fenster im Raum, nur wenn ich lesen wollte, musste ich mich trotzdem zum Licht wenden. Es roch nach alten Büchern und Staub, und wenn eingeheizt war, roch es besonders eigenartig. Ich glaube, der Antiquar kannte schon seine Kunden, denn er achtete nicht darauf, wo einer herumwühlte. Er sagte nur immer: Alles wieder auf seinen Platz und innen steht der Preis. Einige Bücher habe ich von dort, darunter auch diese alte Bibel. Sie hat mir gleich gefallen, auch ist sie älter als ich und allein das übte schon einen Reiz auf mich aus.

Eine richtige Bibel, groß und Ehrfurcht erweckend!

Ich war schon lange nicht mehr in dem Laden, die Bibel war das letzte Buch, welches ich dort erstanden habe.

Sollte ich wieder einmal nach Zürich kommen, werde ich dieses Geschäft aufsuchen. Vielleicht ist der alte Mann mit dem krummen Rücken noch dort.

Die älteste Kerze, sie flackert schon und wird nicht mehr lange brennen. Der Docht neigt sich immer mehr zur Seite und es wird ein wenig dunkler im Zimmer. Zwar ist die Flamme ganz klein, aber sie kämpft um ihr bisschen Leben. Sie täuscht, vielleicht fallen die anderen Kerzen auf sie herein, sie ist ja die älteste. Sie leuchtet plötzlich hell auf, als wäre alles in Ordnung, die anderen neigen neugierig ihre kleinen Köpfe in einem leisen Lufthauch und verharren wieder in reglosem Brennen. … Aber die älteste flackert plötzlich auf und ab, neigt sich zur Seite und verlischt. Ganz still schwebt ein zartes Rauchwölkchen nach oben.

Einige Tannennadeln halte ich über eine Flamme und gleich knattert und zischt es und ein duftiger Harzgeruch steigt als weicher Rauch auf und fängt sich im Schirm der Tischlampe. Es ist keine wertvolle Lampe, aber wir haben sie zu unserer Verlobung von einem Engländer bekommen. Er hat sie aus einer leeren Chiantiflasche im Bastkorb gemacht und mit blauen und roten Bändern verziert. Weinmarke „Ruffino“

1949! Der Schirm ist aus einer englischen Militärlandkarte aus dem Zweiten Weltkrieg gemacht. Es ist der Geburtsort von Martha und von mir darauf. Auch die Adria zum Teil und Venedig in schöner hellblauer Farbe. Die Grenzen sind alle rot gezogen. Budapest ist schwarz gedruckt und auf der anderen Seite des Schirmes liegt Salzburg, auf rosa Feld.

Ich kenne mich aus auf unserem Schirm. Published by War Office 1943, Edition 1945.

Es verlöschen nun gleich zwei Kerzen, die dritte hat die zweite eingeholt. Eigenartig, sie brannte doch kürzere Zeit!

Die zweite Flamme zuckt sehr stark, es muss sehr schwer sein, das Leben aufzugeben, und es kann doch jeden Augenblick sein …

In einem Märchenbuch las ich als Kind, dass Gevatter Tod einmal einen Schützling mitnahm und er führte ihn in eine tiefe Höhle und innen brannten viele tausend Kerzen. Große und kleine, dicke und dünne, umgefallene und verloschene standen da. Viele waren verloschen und waren doch noch ganz groß! Und es gab welche, die gar keine Kerzen mehr waren, sondern ein kleines Stück Docht schwamm in einer Pfütze von Wachs und brannte noch immer und konnte nicht verlöschen. Nebenan verloschen sie und waren noch nicht so tief abgebrannt.

Der Gevatter zeigte seinem Schützling ein kleines, schon bald verlöschendes Flämmchen und sein Schützling war noch in den besten Jahren.

Liegt es am Wachszieher, welcher gutes und schlechtes Wachs herstellt?

Was nützt es der Flamme, dass sie heiß brennt und sich windet und bäumt. Wenn sie keinen Saft mehr hat … sie schlägt aus und verlöscht.

Auf dem Tischchen steht noch ein Fotoständer. Es ist ein Bild von mir darin, dahinter aber ist noch eines versteckt, es sieht nur der Rand hervor. Es ist Marthas Wunsch, ein Bild von mir zu haben. Wir waren noch nicht verheiratet, als Martha nach England fahren musste. Wir beide, wie es schon der Fall ist, hatten große Sehnsucht, jeder nach jedem, und so schickte ich ihr dieses Foto von mir zum Anschauen! Aber das wäre ja nichts, wenn dahinter nicht stünde: Ich lasse Dich nie mehr so weit fort, dass ich Dir ein Bild schicken muss!

Nun ist auch das dritte Flämmchen ausgelöscht und im Zimmer ist es jetzt ganz duster. Nur eine Kerze brennt noch und es dauert nicht lange, so wird sie ebenfalls ihre Seele aushauchen wie ihre Vorgängerin, deren Rauch sich soeben aufgelöst hat, sodass ich noch den Geruch des verbrannten Dochtes spüren kann.

Die vierte Kerze soll noch einmal brennen können. Ich werde sie auslöschen. Es ist die letzte Adventkerze und Weihnachten ist nicht mehr so fern.

Ein leiser, geringer Hauch … es ist finster … ein kurzer Augenblick, ich taste mich zur Lampe und drehe die Glühbirne in die Fassung. … Licht!

Clemens Brentano

Wiegenlied

Da droben auf dem Turme
Da wehet der Wind,
Da wieget im Sturme
Der Adler sein Kind.

Hier unten im Turme
Hier wehet kein Wind,
Hier betet die Mutter
Und wieget ihr Kind,

Und hat von der Wiege
Zur Krippe ein Band,
Von Glaube und Hoffnung
Und Liebe gespannt.

Weit über die Meere
Die Sehnsucht sie spinnt,
Dort sitzet Maria
Und wieget ihr Kind,

Die Engel, die Hirten,
Drei König und Stern,
Und Öchslein und Eslein
Erkennen den Herrn.

Wohl über dem Monde
Und Wolken und Wind
Mit Zepter und Krone
Steht Jungfrau und Kind.

Hier unten wards Kindlein
Am Kreuz ausgespannt,
Dort oben wiegts Himmel
Und Erd auf der Hand.

Komm mit, lass uns fliegen
Zu Maria geschwind,
Komm mit! und lern biegen
Dein Knie vor dem Kind,

Komm mit! schnür dein Bündlein,
Schon führet die Hand
Maria dem Kindlein,
Es segnet das Land.

Karl Heinrich Waggerl

Worüber das Christkind lächeln musste

Als Josef mit Maria von Nazareth her unterwegs war, um in Bethlehem anzugeben, dass er von David abstamme, was die Obrigkeit so gut wie unsereins hätte wissen können, weil es ja längst geschrieben stand, – um jene Zeit also kam der Engel Gabriel heimlich noch einmal vom Himmel herab, um im Stalle nach dem Rechten zu sehen. Es war ja sogar für einen Erzengel in seiner Erleuchtung schwer zu begreifen, warum es nun der allererbärmlichste Stall sein musste, in dem der Herr zur Welt kommen sollte, und seine Wiege nichts weiter als eine Futterkrippe. Aber Gabriel wollte wenigstens noch den Winden gebieten, dass sie nicht gar zu grob durch die Ritzen pfiffen, und die Wolken am Himmel sollten nicht gleich wieder in Rührung zerfließen und das Kind mit ihren Tränen überschütten, und was das Licht in der Laterne betraf, so musste man ihm noch einmal einschärfen, nur bescheiden zu leuchten und nicht etwa zu blenden und zu glänzen wie der Weihnachtsstern.

Der Erzengel stöberte auch alles kleine Getier aus dem Stall, die Ameisen und Spinnen und die Mäuse, es war nicht auszudenken, was geschehen konnte, wenn sich die Mutter Maria vielleicht vorzeitig über eine Maus entsetzte! Nur Esel und Ochs durften bleiben, der Esel, weil man ihn später ohnehin für die Flucht nach Ägypten zur Hand haben musste, und der Ochs, weil er so riesengroß und so faul war, dass ihn alle Heerscharen des Himmels nicht hätten von der Stelle bringen können.

Zuletzt verteilte Gabriel noch eine Schar Engelchen im Stall herum auf den Dachsparren, es waren solche von der kleinen Art, die fast nur aus Kopf und Flügeln bestehen. Sie sollten ja auch bloß still sitzen und achthaben und sogleich Bescheid geben, wenn dem Kinde in seiner nackten Armut etwas Böses drohte. Noch ein Blick in die Runde, dann hob der Mächtige seine Schwingen und rauschte davon.

Gut so. Aber nicht ganz gut, denn es saß noch ein Floh auf dem Boden der Krippe in der Streu und schlief. Dieses winzige Scheusal war dem Engel Gabriel entgangen, versteht sich, wann hatte auch ein Erzengel je mit Flöhen zu tun!

Als nun das Wunder geschehen war, und das Kind lag leibhaftig auf dem Stroh, so voller Liebreiz und so rührend arm, da hielten es die Engel unterm Dach nicht mehr aus vor Entzücken, sie umschwirrten die Krippe wie ein Flug Tauben. Etliche fächelten dem Knaben balsamische Düfte zu und die anderen zupften und zogen das Stroh zurecht, damit ihn ja kein Hälmchen drücken oder zwicken möchte.

Bei diesem Geraschel erwachte aber der Floh in der Streu. Es wurde ihm gleich himmelangst, weil er dachte, es sei jemand hinter ihm her, wie gewöhnlich. Er fuhr in der Krippe herum und versuchte alle seine Künste und schließlich, in der äußersten Not, schlüpfte er dem göttlichen Kinde ins Ohr.

„Vergib mir!“, flüsterte der atemlose Floh, „aber ich kann nicht anders, sie bringen mich um, wenn sie mich erwischen. Ich verschwinde gleich wieder, göttliche Gnaden, lass mich nur sehen, wie!“

Er äugte also umher und hatte auch gleich seinen Plan. „Höre zu“, sagte er, „wenn ich alle Kraft zusammennehme und wenn du stille hältst, dann könnte ich vielleicht die

Glatze des Heiligen Josef erreichen, und von dort weg kriege ich das Fensterkreuz und die Tür …“

„Spring nur!“, sagte das Jesuskind unhörbar. „Ich halte stille!“

Und da sprang der Floh. Aber es ließ sich nicht vermeiden, dass er das Kind ein wenig kitzelte, als er sich zurechtrückte und die Beine unter den Bauch zog.

In diesem Augenblick rüttelte die Mutter Gottes ihren Gemahl aus dem Schlaf.

„Ach, sieh doch!“, sagte Maria selig, „es lächelt schon!“

Georg Trakl

Ein Winterabend

Wenn der Schnee ans Fenster fällt,
Lang die Abendglocke läutet,
Vielen ist der Tisch bereitet
Und das Haus ist wohlbestellt.

Mancher auf der Wanderschaft
Kommt ans Tor auf dunklen Pfaden.
Golden blüht der Baum der Gnaden
Aus der Erde kühlem Saft.

Wanderer tritt still herein;
Schmerz versteinerte die Schwelle.
Da erglänzt in reiner Helle
Auf dem Tische Brot und Wein.

Günter Goepfert

Krippengang mit dem Großvater

Der letzte Adventsonntag in der Vorweihnachtszeit ist mir immer in ganz besonderer Erinnerung geblieben. Es begann damit, dass ich meinen Großvater mit aller kindlichen Eindringlichkeit bat, mit mir zum „Krippenanschauen" zu gehen.

Ein paar Augenblicke lang sah er mich, wie es seine Art war, über den Brillenrand hinweg forschend an. Aber ich hatte es gelernt, seinem Blick standzuhalten, und ich wusste auch, dass bald in seinem bärbeißig wirkenden Gesicht eine Wandlung vorgehen würde.

Wenn wir schließlich die Münchner Innenstadt erreicht hatten, duldete Großvater gern, dass ich, um ihn im Gedränge nicht zu verlieren, nach seiner Hand griff. Es ging etwas Gütiges und Beruhigendes von ihr aus. Überdies wusste ich den leisesten Druck zu deuten. Und da gab es vieles, auf das aufmerksam zu machen es sich lohnte. Sein Interesse gehörte vor allem den kunstvollen Panoramen der Kirchenkrippen und ihren stilvollen Gliederungen.

Mich zog es hingegen mehr zum Mittelpunkt des Geschehens. Ich suchte und fand das Kindlein in der feinsäuberlich mit Moos oder Stroh ausgepolsterten Futterkrippe, mich beschäftigte die bunte Vielfalt der Geschenke, die man ihm brachte, und ich wunderte mich über die jubelnden Engel auf dem Dachfirst, die trotz ihrer spärlichen Bekleidung nicht zu frieren schienen, obwohl auf den Feldern Schnee lag und die Hirten nicht von ungefähr bis zum Hals im Pelz und Loden steckten.

Beim Kripperl im Dom war es das Hirtenfeuer, das meine Phantasie anregte; wohl vor allem deshalb, weil es, je länger ich unverwandt hinschaute, umso heftiger zu flackern schien. Großvaters Blick ging indessen über mich hinweg weit ins Heilige Land hinein, als suchte er zwischen Palmen und Sanddünen etwas sehr Fernes zu ergründen. Und nun war ich es, der ihm mit einem Händedruck ein Zeichen gab, auch wenn ich ihn nur auf ein umgefallenes Schaf hinweisen wollte, das die Beine steif nach oben reckte.

Er lehrte mich hingegen, weit Wichtigeres zu erkennen. „Schau nur, Bub", sagte er später vor der Krippe im Alten Peter und sorgte dafür, dass ich einen guten Platz bekam. „Das Gesicht von dem alten Hirten musst du dir genau betrachten! Das hat einer geformt, der es verstanden hat, den Menschen bis auf den Grund ihrer Seele zu schauen." Dabei sah mich mein Großvater aufs Neue über den Rand seiner Brille prüfend an. Und diesen Blick spürend und ihm standhaltend, ging mir auf, was er damit ausdrücken wollte: immer bereit zu sein, aufzunehmen, und vor allem demütig und hilfsbereit zu sein wie die Hirten. Darauf kam es ihm wohl an.

Die wenige Tage später folgende Bescherung mit den Geschenken mag mir damals noch wichtiger erschienen sein als der Krippengang mit dem Großvater. Und dennoch war er es, der mir nach und nach das Wesen des Advents geoffenbart und mich zu der Erkenntnis geführt hat, dass unser Heil nicht im Streben nach irdischer Erfüllung, sondern in der gläubigen Erwartung und in der beseligenden Hinwendung zur Schöpfung liegt.

Karl Merkatz

Wie waren Weihnachten?

Eigentlich ein schönes Fest. Wir hatten nur mehr eine Zwiebel, die wurde in der Mitte geteilt. Wir hatten nur mehr ein Stück Brot und wir hatten nur mehr ein Stück gelben Käse. Der Abend war ruhig. Die dünnen Kerzen auf dem kleinen Bäumchen waren schnell abgebrannt. Die roten Fäustlinge passten nicht zum hellbraunen Mantel. Draußen war es eisig kalt. Ich stand vor der Tür und blickte zum Untersberg, man sah ihn in dieser mondhellen Nacht, als stünde er vor der Haustüre. Der Abendstern blinkte, als wäre da drüben die Herberge. Unsere Herberge kostete 400.– S. im Monat, meine Arbeitslosen-Unterstützung brachte uns 480.– S. Zwei Monate wussten wir schon, dass auch wir eine Krippe brauchen würden. Aber wenn es so weit sein wird, wird ja Sommer sein. …

An der Haustür klopfte es, Martha sah mich an, … vielleicht ist es der Heinrich? … Ich ging hinaus und öffnete. Es kam der Weihnachtsmann. Pater Ubald stand vor der Tür, hatte eine große Schachtel in der Hand und sagt: Mir hat jemand dieses Esspaket gebracht, aber ich habe alles im Kloster und ich dachte ich, bringe es Euch. Zeit habe ich keine, ich muss gleich wieder zurück. Drückte mir die Schachtel in die Hand und ging wieder. Der Stern stand immer noch über dem Untersberg.

Drei Tage später, ich wurde zum Telefon gerufen: Landestheater Salzburg. Haben Sie heute Abend Zeit. Natürlich hatte ich Zeit. Nestroys „Eisenbahnheiraten“.

Bertolt Brecht

Weihnachtslegende

1
Am Heiligen Christabend heut
Sitzen wir, die armen Leut
In einer kalten Stube drin.
Der Wind geht draußen und geht herin.
Komm, lieber Herr Jesus, zu uns, sieh an:
Weil wir Dich wahrhaft nötig han.

2
Wir sitzen heute so herum
Als wie das finstre Heidentum.
Der Schnee fällt kalt auf unser Gebein:
Der Schnee will unbedingt herein.
Komm, Schnee, zu uns herein, kein Wort:
Du hast im Himmel auch keinen Ort.

3

Wir brauen einen Branntwein
Dann wird uns leicht und wärmer sein.
Einen heißen Branntwein brauen wir.
Um unsere Hütt tappt ein dick Tier.
Komm, Tier, zu uns herein nur schnell:
Ihr habt heut auch keine warme Stell.

4

Wir tun ins Feuer die Röck hinein
Dann wird's uns allen wärmer sein!
Dann glüht uns das Gebälke schier
Erst in der Früh erfrieren wir.
Komm, lieber Wind, sei unser Gast:
Weil Du auch keine Heimat hast.

Luise Rinser

Schaufel und Besen

Wenn ich mich recht erinnere, war ich acht Jahre alt, also in dem Alter, in dem Kinder meiner Generation noch fest daran glaubten, dass Weihnachtsgeschenke ohne Umweg vom Christkind kämen, und wenn der kleine, halbwache Verstand anfing zu bemerken, dass auch die Eltern nicht unbeteiligt waren, so half er sich noch eine Weile mit der Unterscheidung zwischen ganz richtigen Christkindgeschenken und solchen von Eltern und aus Geschäften. Ich wollte ein ganz richtiges Geschenk. Da ich nicht wie andere Kinder das Christkind für eine Art Zauber hielt, sondern durchaus richtig für die zweite göttliche Person, in Kindgestalt freilich, und da ich also füglich und richtig dieser Kindgestalt die gleiche göttliche Allwissenheit zuschrieb wie Gott dem Vater, so schien es mir überflüssig, sinnlos, ja häretisch [wenn ich auch dieses Wort noch nicht kannte, so doch die Sache], es erschien mir, wollte ich sagen, häretisch, diesem göttlich allwissenden Kinde meine Wünsche in einem Brief mitzuteilen, wie es üblich war. Ich, ganz spirituell, ich *dachte* meinen Wunsch. Ich dachte ihn neunmal hintereinander heftig, dann ließ ichs darauf ankommen. Neunmal dachte ich ihn, weil die Zahl neun, drei mal drei, bei mir schon von je eine Rolle spielte. Aber was wünschte ich denn so heftig? Eine kleine Kehrschaufel und einen Besen. Warum gerade das? Wer kann es wissen. Mir jedenfalls erschienen Schaufel und Besen für mein weiteres Leben unentbehrlich. Der Heiligabend kam, Schaufel und Besen lagen nicht unter dem Christbaum. Ich gab nicht sofort auf, ich suchte und suchte, suchte unter dem Tisch, dem Sofa, im Nebenzimmer, vor dem Fenster. Die Eltern waren ratlos, dann ärgerlich, dann böse, denn ich schwieg und meine Suche muss etwas Besessenes gehabt haben. Schließlich setzte ich mich auf einen Stuhl, und blieb da sitzen, die Hände im Schoß, kerzengerade und stumm. Ich war gestorben, Weihnachten war gestorben. Die Eltern bedrängten mich immer stärker, und da dies mir lästig war und da mir ja nun ohnehin alles gleichgültig war, stand ich auf und begann mit ihren Geschenken zu spielen. Ich wahrte Haltung, war stolz und spielte Stunde um Stunde mit den Spielsachen für ein richtiges Kind. Ein steinernes Kind tat, als spielte es, und täuschte die Eltern. Endlich war es Zeit, in die Mitternachtsmette zu gehen. Ich wurde warm verpuppt, bekam zwei runde, in der Ofenröhre erhitzte Bachkiesel in die Manteltaschen und eine kleine Sturmlaterne in die Hand und wir gingen zur Kirche. Wir lebten auf dem Land, zwischen Chiemsee und Gebirge. Es lag Schnee, sicherlich lag Schnee, damals lag an Weihnachten immer Schnee, schön funkelnder, knirschender Schnee. Von überall her, von weit her kamen die Bauern mit Stalllaternen, schweigend, dampfend, mit großen Schritten, die Kinder voraus oder nebenher im Schnee, in den Taschen die Knallfrösche und bengalischen Zündhölzer für den Heimweg. Wer ist auf dem Dorf aufgewachsen und sehnt sich nicht sein Leben lang danach, noch einmal Kind zu sein, dort und für diese eine Nacht? Aber das Kind, das ich damals war, das war aus Stein. Es hatte Haltung, es ging brav zur Kirche, um pflichtgemäß jenes Kind anzubeten, dessen Allwissenheit oder Allmacht anzuzweifeln es allen Grund zu haben glaubte. In der Kirche war es schön wie immer an Weihnachten, das Schiff im Dunkel, die Krippe am Altar im Licht, und mein Vater spielte die Orgel zum Hochamt, es war eine sehr große und schöne Orgel, sie ist es heute noch, die Orgel in Übersee am Chiemsee. Aber all das zählte nicht. Ich kniete, steinern, ein Steinengel auf einem Kindergrab, eine gefährliche Stunde lang, die entscheiden konnte über ein ganzes Menschenleben. Wer konnte wissen, wie tief dieser erste echte Glaubenszweifel reichte? Das Amt ging zu Ende, und wie immer spielte mein Vater zum Auszug etwas von Bach. Damals war es eine große Fuge, das kannte die musikalische Kleine, denn sie spielte ja selber längst Klavier und Harmonium. Sie horchte auf. Diese Musik stieß hart an den harten Stein. Der Stein aber wollte nicht aufgesprengt werden, er hielt sich trotzig. Aber die Musik ließ nicht nach, sie bohrte den Stein von allen Seiten an, drang zuletzt vor bis ins Herz des steinernen Engels. Er weinte nicht, so leicht weinte der nicht, aber er ergab sich, anders ist es nicht zu sagen. Und da, unerwartet einbrechend durch alle Schmerzkanäle, kam Weihnachten. Alles war plötzlich da: Kerzen, die Krippe, das Kind im Stall, Sterne groß und hart funkelnd vor den Spitzbogenfenstern, und „Stille Nacht, Heilige Nacht", alle Süßigkeit, Weihnacht unverletzt, und mitten darin, zu einem Nichts aus Licht geworden, der Schmerz um Schaufel und Besen, der kein Schmerz mehr war, nur mehr eine flüchtige Erinnerung und der ebenso flüchtige Einfall, dass ich ja Tante Fanny bitten konnte, mir Schaufel und Besen zu kaufen, *wenn*, ja wenn mir der Sinn noch danach stehen sollte nach dieser Nacht, in der ich Schaufel und Besen überwachsen hatte.

Weihnachtsgeschichte nach Lukas

Es begab sich aber zu der Zeit, dass ein Gebot von dem Kaiser Augustus ausging, dass alle Welt geschätzt würde. Und diese Schätzung war die allererste und geschah zur Zeit, da Quirinius Statthalter in Syrien war. Und jedermann ging, dass er sich schätzen ließe, ein jeder in seine Stadt. Da machte sich auf auch Josef aus Galiläa, aus der Stadt Nazareth, in das jüdische Land zur Stadt Davids, die da heißt Bethlehem, weil er aus dem Hause und Geschlecht Davids war, damit er sich schätzen ließe mit Maria, seinem vertrauten Weibe; die war schwanger. Und als sie dort waren, kam die Zeit, dass sie gebären sollte. Und sie gebar ihren ersten Sohn und wickelte ihn in Windeln und legte ihn in eine Krippe; denn sie hatten sonst keinen Raum in der Herberge.

Und es waren Hirten in derselben Gegend auf dem Felde bei den Hürden, die hüteten des Nachts ihre Herde. Und der Engel des Herrn trat zu ihnen, und die Klarheit des Herrn leuchtete um sie; und sie fürchteten sich sehr. Und der Engel sprach zu ihnen: Fürchtet euch nicht! Siehe, ich verkündige euch große Freude, die allem Volk widerfahren wird; denn euch ist heute der Heiland geboren, welcher ist Christus, der Herr, in der Stadt Davids. Und das habt zum Zeichen: Ihr werdet finden das Kind in Windeln gewickelt und in einer Krippe liegen. Und alsbald war da bei dem Engel die Menge der himmlischen Heerscharen, die lobten Gott und sprachen: Ehre sei Gott in der Höhe und Friede auf Erden bei den Menschen seines Wohlgefallens.

Und als die Engel von ihnen gen Himmel fuhren, sprachen die Hirten untereinander: Lasst uns nun gehen nach

Bethlehem und die Geschichte sehen, die da geschehen ist, die uns der Herr kundgetan hat. Und sie kamen eilend und fanden beide, Maria und Josef, dazu das Kind in der Krippe liegen. Als sie es aber gesehen hatten, breiteten sie das Wort aus, das zu ihnen von diesem Kinde gesagt war. Und alle, vor die es kam, wunderten sich über das, was ihnen die Hirten gesagt hatten. Maria aber behielt alle diese Worte und bewegte sie in ihrem Herzen. Und die Hirten kehrten wieder um, priesen und lobten Gott für alles, was sie gehört und gesehen hatten, wie denn zu ihnen gesagt war.

Manfred Chobot

christkind

es gäbe kein christkind hätte ich gesagt
sagen sie im kindergarten aber
das glaube ich nicht in wahrheit hat sich der
nikolaus voriges jahr umgezogen vor den kindern
damit keines angst hat wenn es einen stiefel
geschenkt bekommt und sie haben alle zugeschaut
wie er sich verkleidet hat den bart angeklebt
die haube aufgesetzt der vater von einem
der kinder sagt der bub es gibt kein christkind
weil der vater und seine mutter weihnachten nicht
miteinander verbringen

Gerhard Polt

Meine erste Revolution

Es dauert manchmal doch geraume Zeit, bis man erkennt, dass der Nikolaus kein Heiliger, sondern ein Mensch und der Krampus (Knecht Ruprecht, Schmutzli) ein Arschloch ist – aber ganz bestimmt kein Dämon! Die Angst vor jenen Herren ist ein Stück guter alter Tradition und auch die Wirkung dieser Angst, die Generationen von Bettnässern erzeugte.

Ich war klein, und die Macht der Nikolaustradition ungebrochen. Die Krampusse klirrten mit Ketten. Sie waren in Felle gehüllt. In ihren rußigen Gesichtern spiegelte sich das tierische Vergnügen, mit dem Ochsenfiesel sauber zuhauen zu können. Hämisch fragten die Erwachsenen: „Und? – War er schon da, der Nikolaus? Bist du auch immer brav gewesen? – Weil sonst kummst nei in' Sack!!"

Ich hätte es nicht geglaubt, dass man wirklich in einen Sack hineinkommt wegen Unbravheit, aber der Ismeier Manfred, mein Kindkollege, hatte es eigenhändig berichtet.

Auf dem Land wussten wir noch nichts von devoten Kaufhausnikoläusen und von der pädagogischen Einbahnstraße, die der Krampus als Erziehungspromotor darstellt.

Es war der sechste Dezember neunzehnhundertneunundvierzig gegen neunzehn Uhr, als sich ein Stiergehörnter auch meiner bemächtigte – obwohl ich die donnernde Frage des Heiligen Nikolaus: „Bist du auch immer brav gewesen?" eindeutig und wahrheitsgemäß mit „ja" beantwortet hatte – und mich in seinen Sack stopfte.

Ketten klickten, klackten und rasselten, Schweine grunzten und Ratten pfiffen, als ich im Sack an einem Haken im Saustall aufgehängt wurde. Ich schrie eine Ewigkeit in dieser finsteren Hölle des Onkel Hieronymus Bosch. Und manchmal wache ich heute noch auf in der Nacht, schwitzend, sehe den Krampus auf mich zukommen … und ich weiß, ich habe eine Kindheit gehabt, die kann mir keiner mehr nehmen!

Umständehalber verließ ich das Land und kam in die Großstadt, zur Zeit als wiederum die Existenzfrage: „Bist du auch immer brav gewesen?“ im Raum stand.

Ein zirka achtjähriger Robespierre forderte mich, den Neuling vom Land, auf: „Und? – Gehst mit am Nikolo an Bart anzünden?“

Mir wurde schwindlig. „Einem Nikolaus den Bart anzünden???“ Was heißt da „einem“?

Es gibt doch nur *den* Nikolaus. Den Heiligen St. Nikolaus! Und *ihm* den Bart anzünden??? – Ein ungeheures Vorhaben! Vor kurzem noch vom Krampus gejagt, frisch einem noch feuchten Bett entwichen, überrollte mich die Frage des Großstadtrevolutionärs aufs Neue. Sie wirkte jetzt eine Spur gleichgültiger.

„Oiso was is? Gehst jetza mit oder ned?“

„Sowieso!“, hörte ich mich antworten. Mein Herz war in der Unterhose angelangt.

Kurz darauf standen wir schon vor unserer „Bastille“, der Türken- Ecke Schellingstraße. Hundert bis zweihundert Kinder, bis an die Zähne mit Latten, Stöcken, Zwisteln und Steinen bewaffnet, harrten der Nikoläuse aus dem Portal des Studentenschnelldienstes.

Schon kam einer heraus. Aus allen Kehlen erscholl ein Pfuiiii, ein Pfeifkonzert, kreischendes Hohngelächter. Ein Gewitter von Wurfgeschossen entlud sich in Richtung

Nikolaus, welcher unwürdig behende auf einem Fahrrad das Weite suchte.

Ein neuer Schnelldienstheiliger wurde auf die Straße gespuckt, um Tradition zu verbreiten.

„Da is scho wieder oana!", jauchzten die jungen Revoluzzer im Kampfesrausch. „Den machma fertig!", schrien sie.

Mein Genosse und Animator reichte mir feierlich sein Sturmfeuerzeug. „Jetzt zündma eam an Bart o! Mia gem da Rückendeckung!"

Fest entschlossen, meine jahrelange Demütigung mit einem Bartbrand zu rächen, laufe ich mit weichen Knien über die Straße, das Sturmfeuerzeug wie eine Fackel erhoben haltend. Schlachtengesänge wie „Nikolo scheiß ins Klo!" tragen mich vor das entsetzte Gesicht des Heiligen Mannes. Wieder verdunkelt sich der Himmel vor lauter Zaunlatten und Haken, Pfeilen – Wasserbomben – Eiern – es herrscht Krieg. Der Nikolaus duckt sich, macht zwei, drei schnelle Schritte und verschwindet in der Sicherheit des nahen Gemüseladens … Wumm! Ktschschk! Duiiiing! Das Schaufenster birst, ein Volltreffer! Johlen! Der Nikolaus liegt auf dem Boden, umgeben von Glas! Ein Splitter hat sein Gesicht verletzt. Rotes Blut tropft auf seinen weißen Bart. Er reißt ihn sich vom Kinn und drückt ihn auf die Wunde. Ich sehe ein junges Gesicht voller Panik.

Jetzt rollt, nach überwundener Schrecksekunde, der Gemüsehändler mit seiner enormen Wampe auf den Nikolaus zu und bespeit ihn mit einem Potpourri von Unflätigkeiten, worin er dem Wort „Drecksau" eindeutig den Vorzug gibt. Der Nikolaus entwindet sich dem Griff des Fetten und flieht aus dem Laden.

Zum Glück trifft ihn sein eigener, wie ein Speer nachgeschleuderter Krummstab nicht mehr. Das Kinderheer auf der anderen Straßenseite aber hat sich blitzschnell aufgelöst. Und ich, ich stehe da, den blutleeren Daumen auf dem Sturmfeuerzeug.

Dann geh ich heim als Sieger. Sieger einer Revolution, deren Errungenschaften unumkehrbar sind!

PS: Sachzwänge nötigen mich seit Jahren am 6. Dezember in ein eindrucksvolles, stilechtes Nikolausgewand. Ich versuche ein fairer, aufgeschlossener, geschenkbereiter, psychologisch hieb- und stichfester Heiliger zu sein. Nur wenn ich frage: „Bist du auch immer brav gewesen?" beschleicht mich so ein Gefühl …

Trotzdem. Schwamm drüber! Im nächsten Jahr bin ich schon wieder voll ausgebucht.

Wilhelm Busch

Der Stern

Hätt einer auch fast mehr Verstand
Als wie die drei Weisen aus Morgenland
Und ließe sich dünken, er wär wohl nie
Dem Sternlein nachgereist wie sie;
Dennoch, wenn nun das Weihnachtsfest
Seine Lichtlein wonniglich scheinen lässt,

Fällt auch auf sein verständig Gesicht,
Er mag es merken oder nicht,
Ein freundlicher Strahl
Des Wundersternes von dazumal.

Christine Nöstlinger

Lieber, guter Weihnachtsmann …

Lieber, guter Weihnachtsmann,
weiß nicht, ob einer wie du das kann,
aber falls du dazu imstande,
mach bitte Frieden im Lande!
Mach, dass sich alle besser vertragen,
einander keine Gemeinheiten sagen,
nie streiten, nie gierig sind, nie lügen,
nie neidisch sind und nie betrügen,
keinen vergessen, keinen verlachen,
keinen zur Sau oder Schnecke machen.
Dass es weder Sieger noch Verlierer gibt
und jeder jeden ein bisschen mehr liebt.

PS:
Weiß schon, ist viel Arbeit, macht wenig Spaß,
aber kriegst du sie hin, so schenk ich dir was:
Ein Kilo Watte, flauschig und zart,
für einen nagelneuen Rauschebart!

Wolfgang A. Teuschl

Wia da Jesus auf d Wöd kuman is

Oesdan, gem ma s au, in Jesus sei Aansabosd, in Christus seine, in Heagod sein Buam seine.

Und zwoa is da Jesus Christus dera Oat auf d Wöd kuman: Sei Mamsch, d Maria, is fahawad gwesn mid an gwissn Joseph; und befua s nu wos ghobd häd mid den, hod sa si aussagschdöd, das s an Gschroppm griagd; nua woa dea fon Häulichn Geisd.

Jezd woa ia Oeda, da Joseph, owa r a Söö fo an Mentschn, und weng den hod a si denkd: Mochsd ka gross Wossa, wäu s di oweghaud hod, gibsd ia in Weisl gaunz in da Gham.

Und dawäu a nu in Wiglwogl woa, wos a mochn soe, hod eam draamd, das a Engl fon Heagod owa segld und zu eam sogd: „Joseph, schau, das d dein Aa'l, in David, ka Schaund mochsd; oeso dua da nix au und bleib bikkn bei deina Braud, bei da Maria, wäu dea Baumpalädsch, wos s griagd, den hod ia da Häuliche Geisd gmochd.

An Buam wiad s auf d Wöd bringan; und haassn soe a Jesus, weng den, das a d gaunzn Greanan fo d Leid beegln wiad."

Jezd hod owa grod domoes da Keisa Augustus augschoffd ghobt, das iwaroe genau aufgschrim wiad, wea wo dahaam is und wüfü das s oeso san, wos a unta seina Fuchdl hod.

Des woa s easchdemoe, das sa si des oes in dera Oat ausdiwidiad haum; und zwoa is de gaunze Gschichd bassiad, wia da Quirinius da Owakapo fo gaunz Syrien woa.

Und ole san ausgridn, si an Mödeze'l hoen, a jeda duathii, wo r a hea woa.

Da Joseph hod si aa d Schuach gschmiad und is aus Nazaret oom in Galiläa owe noch Judäa, in David sei Schdod eine, godichkeid noch Bethlehem (wäu a nemlich iwa sim Schaffen Eabsn fawaundt woa mi n David und oeso duat zuaschdendich woa), damid a si midsaumt da Maria, seina Braud, de wos grod kuaz fua n Ausschidn woa, aufschreim lossd.

Und grod wia s duat woan, is s so weid gwesn.

Und si hod ian Buam (ian easchdn Gschroppm) auf d Wöd brochd, und wäu ole Wiadsheisa bumfoe gwesn san und niagns a Kammal frei woa, hod s eam in a boa Fezzaln eigwikkld und hod eam eineglegd in a so an Schroong, wo ma sunzd fia d Rindfiicha s Hei einelaad.

Walter Müller

Die Hirten damals

Die Hirten damals, die waren naiv
die machten sich gleich auf die Reise
als der Engel sie weckte – und keiner rief:
„He, Moment mal, zuerst die Beweise!“

Wir heute, wir würden so einfach nicht geh'n
wir müssten zuerst alles schriftlich seh'n
mit Stempel und Siegel, im amtlichen Brief …
Die Hirten damals, die waren naiv!

Die Hirten damals, die fragten nicht:
„Was macht diesen Himmel so weit?“
Die sahen hinauf, in das gleißende Licht
und wussten auch schon Bescheid.

Wir heute, wir sagten: „Am Himmel der Schein
das könnte ein UFO von irgendwo sein
eine Reflexion, Satellitenlicht …“
Die Hirten damals, die fragten nicht!

Die Hirten damals, die hatten es leicht
wie still es doch damals noch war
ein Flüstern aus Engelsmund hat schon gereicht
und allen war alles klar.

Wir heute, wie sollen wir Engel erkennen
wenn bei Tag und bei Nacht die Maschinen rennen?
Gegen alles, was leise ist, sind wir geeicht …
Die Hirten damals, die hatten es leicht!

Die Hirten damals, die wussten nicht viel
die kannten halt grad ihre Herde
keine Ahnung vom Kosmos, vom Kräftespiel
den komplexen Systemen der Erde!

Wenn *uns* eine glutwarme Winternacht weckt
dann tippen wir kühl auf den Treibhauseffekt!
Die dachten: „Das heilige Paar ist am Ziel …"
Die Hirten damals, sie wussten nicht viel.

Einmal noch so wie die Hirten sein
einmal noch … nur eine Stunde
und Engel hören im Sternenschein
dieses Lied mit der göttlichen Kunde!

Wir heute sind tausendmal klüger als die
sind bewandert in jeglicher Welttheorie
und trotzdem lädt uns kein Engel ein …
Ach, einmal noch so wie die Hirten sein!

Margret Rettich

Die Geschichte vom Weihnachtsbraten

Einmal fand ein Mann am Strand eine Gans.

Tags zuvor hatte der Novembersturm getobt. Sicher war sie zu weit hinausgeschwommen, dann abgetrieben und von den Wellen wieder an Land geworfen worden. In der Nähe hatte niemand Gänse. Es war eine richtige weiße Hausgans.

Der Mann steckte sie unter seine Jacke und brachte sie seiner Frau: „Hier ist unser Weihnachtsbraten."

Beide hatten noch niemals ein Tier gehabt, darum hatten sie auch keinen Stall. Der Mann baute aus Pfosten, Brettern und Dachpappe einen Verschlag an der Hauswand. Die Frau legte Säcke hinein und darüber einen alten Pullover. In die Ecke stellte sie einen Topf mit Wasser.

„Weißt du, was Gänse fressen?", fragte sie.

„Keine Ahnung", sagte der Mann.

Sie probierten es mit Kartoffeln und mit Brot, aber die Gans rührte nichts an. Sie mochte auch keinen Reis und nicht den Rest vom Sonntagsnapfkuchen.

„Sie hat Heimweh nach anderen Gänsen", sagte die Frau.

Die Gans wehrte sich nicht, als sie in die Küche getragen wurde. Sie saß still unter dem Tisch. Der Mann und die Frau hockten vor ihr, um sie aufzumuntern.

„Wir sind eben keine Gänse", sagte der Mann. Er setzte sich auf seinen Stuhl und suchte im Radio nach Blasmusik.

Die Frau saß neben ihm am Tisch und klapperte mit den Stricknadeln. Es war sehr gemütlich. Plötzlich fraß die Gans Haferflocken und ein wenig vom Napfkuchen.

„Er lebt sich ein, der liebe Weihnachtsbraten“, sagte der Mann.

Bereits am anderen Morgen watschelte die Gans überall herum. Sie streckte den Hals durch offene Türen, knabberte an der Gardine und machte einen Klecks auf den Fußabstreifer.

Es war ein einfaches Haus, in dem der Mann und die Frau wohnten. Es gab keine Wasserleitung, sondern nur eine Pumpe. Als der Mann einen Eimer voll Wasser pumpte, wie er es jeden Morgen tat, ehe er zur Arbeit ging, kam die Gans, kletterte in den Eimer und badete. Das Wasser schwappte über und der Mann musste noch einmal pumpen.

Im Garten stand ein kleines Holzhäuschen, das war die Toilette. Als die Frau dorthin ging, lief die Gans hinterher und drängte sich mit hinein. Später ging sie mit der Frau zusammen zum Bäcker und in den Milchladen.

Als der Mann am Nachmittag auf seinem Rad von der Arbeit kam, standen die Frau und die Gans an der Gartenpforte.

„Jetzt mag sie auch Kartoffeln“, erzählte die Frau.

„Brav“, sagte der Mann und streichelte der Gans über den Kopf, „dann wird sie bis Weihnachten rund und fett.“

Der Verschlag wurde nie benutzt, denn die Gans blieb jede Nacht in der warmen Küche. Sie fraß und fraß. Manchmal setzte die Frau sie auf die Waage und jedes Mal war sie schwerer.

Wenn der Mann und die Frau am Abend mit der Gans zusammensaßen, malten sich beide die herrlichsten Weihnachtsessen aus.

„Gänsebraten und Rotkohl, das passt gut“, meinte die Frau und kraulte die Gans auf ihrem Schoß.

Der Mann hätte zwar statt Rotkohl lieber Sauerkraut gehabt, aber die Hauptsache waren für ihn die Klöße.

„Sie müssen so groß sein wie mein Kopf und alle genau gleich", sagte er.

„Und aus rohen Kartoffeln", ergänzte die Frau.

„Nein, aus gekochten", behauptete der Mann. Dann einigten sie sich auf Klöße halb aus rohen und halb aus gekochten Kartoffeln. Wenn sie ins Bett gingen, lag die Gans am Fußende und wärmte sie.

Mit einem Mal war Weihnachten da.

Die Frau schmückte einen kleinen Baum.

Der Mann radelte zum Kaufmann und holte alles, was sie für den großen Festschmaus brauchten. Außerdem brachte er ein Kilo extrafeine Haferflocken.

„Wenn es auch ihre letzten sind", seufzte er, „soll sie doch wissen, dass Weihnachten ist."

„Was ich sagen wollte", meinte die Frau, „wie, denkst du, sollten wir … ich meine … wir müssten doch nun …" Aber weiter kam sie nicht.

Der Mann sagte eine Weile nichts. Und dann: „Ich kann es nicht."

„Ich auch nicht", sagte die Frau. „Ja, wenn es eine x-Beliebige wäre. Aber nicht diese hier. Nein, ich kann es auf gar keinen Fall."

Der Mann packte die Gans und klemmte sie in den Gepäckträger. Dann fuhr er auf dem Rad zum Nachbarn. Die Frau kochte inzwischen den Rotkohl und machte Klöße, einen genauso groß wie den anderen.

Der Nachbar wohnte zwar ziemlich weit weg, aber doch nicht so weit, dass es eine Tagesreise hätte werden müssen. Trotzdem kam der Mann erst am Abend wieder. Die Gans saß friedlich hinter ihm.

„Ich habe den Nachbarn nicht angetroffen, da sind wir etwas herumgeradelt", sagte er verlegen.

„Macht gar nichts", rief die Frau munter, „als du fort warst, habe ich mir überlegt, dass es den feinen Geschmack des Rotkohls und der Klöße nur stört, wenn man noch etwas anderes dazu auftischt."

Die Frau hatte recht und sie hatten ein gutes Essen. Die Gans verspeiste zu ihren Füßen die extrafeinen Haferflocken. Später saßen sie alle drei nebeneinander auf dem Sofa in der guten Stube und sahen in das Kerzenlicht.

Übrigens kochte die Frau im nächsten Jahr zu den Klößen zur Abwechslung Sauerkraut. Im Jahr darauf gab es zum Sauerkraut breite Bandnudeln. Das sind so gute Sachen, dass man nichts anderes dazu essen sollte.

Inzwischen ist viel Zeit vergangen.

Gänse werden sehr alt.

Joachim Ringelnatz

Weihnachten

Liebeläutend zieht durch Kerzenhelle,
Mild, wie Wälderduft, die Weihnachtszeit,
Und ein schlichtes Glück streut auf die Schwelle
Schöne Blumen der Vergangenheit.

Hand schmiegt sich an Hand im engen Kreise,
Und das alte Lied von Gott und Christ
Bebt durch Seelen und verkündet leise,
Dass die kleinste Welt die größte ist.

Oscar Wilde

Der eigensüchtige Riese

An jedem Nachmittag, wenn die Kinder aus der Schule kamen, gingen sie in den Garten des Riesen und spielten da.

Es war ein großer hübscher Garten mit weichem grünen Gras. Hier und da auf dem Rasen standen schöne Blumen wie Sterne, und da waren auch zwölf Pfirsichbäume, die im Frühling zartrosa und perlweiß blühten und im Herbst reiche Frucht trugen. Die Vögel saßen auf den Bäumen und sangen so süß, dass die Kinder immer wieder in ihren Spielen innehielten, um zu lauschen. „Wie glücklich wir hier doch sind!“, riefen sie einander zu.

Eines Tages kam der Riese nach Haus. Er war auf Besuch bei seinem Freund, dem gehörnten Menschenfresser, gewesen und sieben Jahre bei ihm geblieben. Als die sieben Jahre um waren, war alles gesagt, was er ihm zu sagen hatte, denn sein Gesprächsstoff war sehr beschränkt, und so beschloss er, auf sein eigenes Schloss zurückzukehren. Als er nach Hause kam, sah er die Kinder in seinem Garten spielen. „Was tut ihr hier?“, rief er sehr mürrisch, und die Kinder liefen weg. „Mein Garten, das ist mein Garten“, sagte der Riese, „das sieht jeder ein, und ich erlaube niemandem sonst, darin zu spielen als mir selber.“ Also baute er eine mächtige Mauer ringsum und stellte eine Warntafel auf:

Unbefugtes Betreten dieses Grundstücks ist bei Strafe verboten!

Es war ein sehr eigensüchtiger Riese.

Die armen Kinder hatten jetzt nichts mehr, wo sie spielen konnten. Sie versuchten’s auf der Landstraße, aber die

Landstraße war sehr staubig und steinig und sie mochten sie nicht leiden. So gingen sie also, wenn die Schule aus war, um die große Mauer herum und sprachen von dem schönen Garten dahinter. „Wie glücklich waren wir da", sagten sie zueinander. Dann kam der Frühling, und über der ganzen Gegend waren kleine Blüten und kleine Vögel. Bloß in dem Garten des eigensüchtigen Riesen blieb es Winter. Die Vögel machten sich nichts daraus, darin zu singen, weil keine Kinder da waren, und die Bäume vergaßen zu blühen. Einmal steckte eine schöne Blume ihr Köpfchen aus dem Gras hervor, aber als sie die Warntafel sah, war sie so betrübt um die Kinder, dass sie wieder in den Boden hineinschlüpfte und weiterschlief. Die einzigen Leute, die sich freuten, waren der Schnee und der Frost. „Der Frühling hat diesen Garten vergessen", riefen sie, „so wollen wir hier das ganze Jahr hindurch leben." Der Schnee deckte das Gras mit seinem großen weißen Mantel, und der Frost bemalte alle Bäume silberweiß. Dann luden sie den Nordwind ein, bei ihnen zu wohnen, und er kam. Er war in Pelze ganz eingehüllt und brüllte den ganzen Tag durch den Garten und blies die Schornsteine herunter. „Das ist ein ganz herrlicher Platz", sagte er, „wir müssen den Hagel auf eine Visite bitten." Und so kam der Hagel. Jeden Tag prasselte er drei Stunden lang auf das Schlossdach herunter, bis er fast alle Schieferplatten zerbrochen hatte, und dann lief er rund um den Garten, so schnell er nur konnte. Er war ganz grau angezogen, und sein Atem war wie Eis.

„Ich versteh nicht, warum der Frühling so spät kommt", sagte der eigensüchtige Riese, als er am Fenster saß und auf seinen kalten weißen Garten hinuntersah. „Ich hoffe, das Wetter ändert sich bald." Aber der Frühling kam nie und auch nicht der Sommer. Der Herbst gab jedem Garten goldene Früchte, aber dem Garten des Riesen gab er keine. „Er ist zu eingensüchtig“, sagte der Herbst. So war es da immer Winter, und der Nordwind und der Hagel und der Frost und der Schnee tanzten um die Bäume.

Eines Morgens lag der Riese wach im Bette, als er eine liebliche Musik vernahm. Es klang so süß an seine Ohren, dass er dachte, die Musikanten des Königs zögen vorüber. Aber es war bloß ein kleiner Hänfling, der vor seinem Fenster sang, nur hatte er so lange keinen Vogel mehr in seinem Garten singen hören, dass es ihm wie die schönste Musik der Welt vorkam. Da hörte der Hagel auf, über seinem Kopf zu tanzen, und der Nordwind zu blasen, und ein köstlicher Duft kam zu ihm durch den geöffneten Fensterflügel. „Ich glaube, der Frühling ist endlich gekommen“, sagte der Riese; und er sprang aus dem Bett und schaute hinaus.

Und was sah er?

Er sah was ganz Wunderbares. Durch ein kleines Loch in der Mauer waren die Kinder hereingekrochen und saßen in den Zweigen der Bäume. In jedem Baum, den er sehen konnte, saß ein kleines Kind. Und die Bäume waren so froh, die Kinder wieder bei sich zu haben, dass sie sich ganz mit Blüten bedeckt hatten und ihre Arme anmutig über den Köpfen der Kinder bewegten. Die Vögel flogen umher und zwitscherten vor Entzücken, und die Blumen guckten aus dem grünen Gras hervor und lachten. Es war entzückend anzusehen, und nur in einem Winkel war es noch Winter, und dort stand ein kleiner Junge. Er war so klein, dass er nicht an die Äste hinaufreichen konnte, und er lief immer um den Baum herum und weinte bitterlich. Der arme Baum war noch ganz bedeckt mit Frost und Schnee, und der Nordwind blies und heulte über ihm. „Klettere herauf, kleiner Junge“, sagte der Baum und senkte seine Äste so tief er konnte, aber der Junge war zu klein.

Da wurde des Riesen Herz weich, als er das sah. „Wie eigensüchtig ich doch war!“, sagte er; „jetzt weiß ich, weshalb der Frühling nicht hierher kommen wollte. Ich will dem armen kleinen Jungen auf den Baumwipfel helfen, und dann will ich die Mauer umwerfen, und mein Garten soll für alle Zeit der Spielplatz der Kinder sein.“ Er war wirklich sehr betrübt über das, was er getan hatte.

So schlich er hinunter und öffnete ganz leise das Tor und trat in den Garten. Aber als die Kinder ihn sahen, erschraken sie so, dass sie alle wegliefen, und im Garten wurde es wieder Winter. Bloß der kleine Junge lief nicht weg, denn seine Augen waren so voll Tränen, dass er den Riesen nicht kommen sah. Und der Riese kam leise hinter ihm heran, nahm ihn zärtlich auf seine Hand und setzte ihn hinauf in den Baum. Und sogleich fing der Baum zu blühen an, und die Vögel kamen und sangen in ihm, und der kleine Junge breitete seine Ärmchen aus, schlang sie um den Hals des Riesen und küsste ihn auf den Mund. Und wie die anderen Kinder sahen, dass der Riese nicht mehr böse war, kamen sie schnell zurückgelaufen, und mit ihnen kam auch der Frühling. „Der Garten gehört jetzt euch, Kinderlein“, sagte der Riese und er nahm eine große Axt und hieb die Mauer um. Und als die Leute um zwölf Uhr zum Markt gingen, sahen sie den Riesen mit den Kindern spielen, in dem schönsten Garten, den sie je geschaut hatten.

Den ganzen Tag spielten sie, und am Abend kamen sie zum Riesen und wünschten ihm eine gute Nacht.

„Aber wo ist denn euer kleiner Kamerad?“, fragte er, „der Junge, dem ich auf den Baum geholfen habe?“ Der Riese liebte ihn am meisten, weil der ihn geküsst hatte.

„Wir wissen's nicht“, antworteten die Kinder, „er ist fortgegangen.“

„Ihr müsst ihm sagen, er soll sicher morgen wiederkommen“, sagte der Riese. Aber die Kinder antworteten, sie wüssten nicht, wo er wohne, und sie hätten ihn zuvor nie gesehen; da wurde der Riese sehr traurig.

Jeden Nachmittag nach Schluss der Schule kamen die Kinder und spielten mit dem Riesen. Aber der kleine Knabe, den der Riese so liebte, ließ sich nie mehr sehen. Der Riese war sehr gut mit den Kindern, aber er sehnte sich nach seinem kleinen Freunde und sprach oft von ihm. „Wie gern möcht' ich ihn wiedersehn!“, sagte er immer und immer.

Jahre vergingen, und der Riese wurde sehr alt und schwach. Er konnte nicht mehr unten mit den Kindern spielen, und so saß er in seinem mächtigen Armstuhl und sah ihnen zu und freute sich an seinem Garten. „Ich habe viele schöne Blumen“, sagte er; „aber die allerschönsten Blumen von allen sind die Kinder.“

An einem Wintermorgen sah er beim Ankleiden aus seinem Fenster. Jetzt hasste er den Winter nicht mehr, denn er wusste, dass der Frühling nur schlief und die Blumen sich ausruhten.

Plötzlich rieb er sich verwundert die Augen und sah und sah. Es war wirklich ein wundersamer Anblick. Im fernsten Winkel des Gartens war ein Baum ganz bedeckt mit lieblichen weißen Blüten. Seine Äste waren lauter Gold und silberne Früchte hingen an ihnen, und darunter stand der kleine Knabe, den er so geliebt hatte.

Hocherfreut eilte der Riese die Treppe hinunter und in den Garten. Er lief über den Rasen auf das Kind zu. Und als er ihm ganz nahe gekommen war, wurde sein Gesicht rot vor Zorn und er sagte: „Wer hat es gewagt, dich zu verwunden?“ Denn an den Handflächen des Kindes waren Male von zwei Nägeln, und Male von zwei Nägeln waren an den kleinen Füßen.

„Wer hat es gewagt, dich zu verwunden?“, rief der Riese; „sag es mir, damit ich mein großes Schwert nehme und ihn erschlage.“

„Ach nein“, antwortete das Kind; „dies sind die Wunden der Liebe.“

„Wer bist du?“, sagte der Riese, und eine seltsame Scheu überkam ihn, und er kniete nieder vor dem kleinen Kinde. Und das Kind lächelte den Riesen an und sprach zu ihm: „Du ließest mich einst in deinem Garten spielen, heute sollst du mit mir kommen in meinen Garten, in das Paradies.“

Und als die Kinder an diesem Nachmittag hereinstürmten, da fanden sie den Riesen tot unter dem Baume liegen und ganz bedeckt mit weißen Blüten.

Josef Weinheber

Anbetung des Kindes

Als ein behutsam Licht
stiegst du von Vaters Thron.
Wachse, erlisch uns nicht,
Gottes Kind, Menschensohn!

Sanfter, wir brauchen dich.
Dringender war es nie.
Bitten dich inniglich,
dich und die Magd Marie –

König wir, Bürgersmann,
Bauer mit Frau und Knecht:
Schau unser Elend an!
Mach uns gerecht!

Gib uns von deiner Güt
nicht bloß Gered und Schein!
Öffne das Frostgemüt!
Zeig ihm des Andern Pein!

Mach, dass nicht allerwärts
Mensch wider Mensch sich stellt.
Führ das verratne Herz
hin nach der schönern Welt!

Frieden, ja, ihn gewähr
denen, die willens sind.
Dein ist die Macht, die Ehr,
Menschensohn, Gotteskind.

Peter Huchel

Dezember 1942

Wie Wintergewitter ein rollender Hall.
Zerschossen die Lehmwand von Bethlehems Stall.

Es liegt Maria erschlagen vorm Tor,
Ihr blutig Haar an die Steine fror.

Drei Landser ziehen vermummt vorbei.
Nicht brennt ihr Ohr von des Kindes Schrei.

Im Beutel den letzten Sonnblumenkern,
Sie suchen den Weg und sehn keinen Stern.

Aurum, thus, myrrham offerunt …
Um kahles Gehöft streicht Krähe und Hund.

… quia natus est nobis Dominus.
Auf fahlem Gerippe glänzt Öl und Ruß.

Vor Stalingrad verweht die Chaussee.
Sie führt in die Totenkammer aus Schnee.

Hans Henny Jahnn

18. Dezember 1915

[…] Ich muss eingestehen, dass die Erinnerung an Weihnachtsfeste mir nie recht glücklich geraten will. Fast immer gab es so viel Enttäuschungen, dass die Freude nicht aufkommen konnte. – Meistens war da ein Hauptwunsch, der nicht erfüllt war aus ganz kleinlichen Rücksichtnahmen. Später dann waren die Abende, an denen uns beschert wurde, voll Schelten und Unwillen, die mein ältester Bruder beschwor. Ich muss gestehen, dass ein gewisser Grund für den Unwillen vorhanden war. – Es war Sitte, dass wir am Weihnachtsabend Karpfen aßen, zu denen es meistens ein oder zwei Flaschen Rhein- oder Moselwein gab. Es hatte sich dann auch oft gefügt, dass ich beim Einkauf der Karpfen zugegen war und leider auch beim Schlachten. Das verdarb mir alles. Ihr Blut war so rot wie meines und der Schlag, mit dem sie betäubt wurden, schien mir so entsetzlich hohl, dass ich in mir erzitterte und fror und nichts sagen konnte. – Ich will eingestehen, dass dies schreckliche Gefühl vorüber war, wenn das Anrichten in der Küche begann und die letzten Spuren von Blut verschwunden waren. Butter wurde geschmolzen und der Rahm zum Rettich geschlagen. – Das war außergewöhnlich und füllte mich einigermaßen aus. Dazu kam, dass eine Spannung, eine Erwartung fühlbar wurde. Es war Sitte, dass wir zu Abend aßen. Die Zeit, wann man sich zum Essen niedersetzen würde, war jedem mitgeteilt worden. Fünf oder zehn Minuten, bevor es an der Zeit war, wurde mein ältester Bruder vermisst. Man rief, man suchte ihn. Endlich wartete man, er kam nicht.

So zögerte man eine Stunde mit dem Essen, um doch das Warten aufzugeben. – Und saß man zu Tisch, so kam er. – Dann begann ein Schelten, das den letzten Rest an Freude zerstörte. – Dies war stets so heftig, weil es immer wieder geschah, dass er sich zur Weihnachtsmahlzeit verspätete. Er war so nachlässig, dass er mit jemandem ging und sich vergaß, und der Zufall wollte ihm und uns nie gut.

[...]

Oft ereignete es sich, dass ich am Tag vorm Fest mit meiner Mutter auf den alten Kirchhof ging, wo mein Bruder begraben lag, der vor mir geboren wurde und den gleichen Namen trug. – Wir kauften meistens einen Kranz und einmal einen kleinen wachsenden Tannenbaum – der nun schon sehr groß ist. All das versetzte mich in die größten Spannungen. Wir gingen durch die Gräberreihen, bis wir am Begräbnisplatz waren. Meine Mutter wurde dann immer ganz still und ich wagte nicht zu atmen. Mein Blut ging in mir um und ich wusste, dass es nicht mein Blut war, dass nichts mir gehörte, sondern alles dem, der da begraben lag. Ich verstand nicht, warum meine Mutter nicht begriff, dass ich der war, den sie dort begraben meinte. Ich war überzeugt, dass ich seine Seele trug, eine fremde Seele, die sich nun ihrem wahren Leib näherte und hinaus wollte in das Grab hinein, geradewegs in das Grab. Tränen brachen mir aus den Augen, ich fühlte, dass ich nun versinken würde – und einmal, einmal war es entsetzlich – das Grab war eingefallen – und ich stand davor. – Ich begreife noch immer nicht, warum ich nicht in diesem Augenblick in die Erde einbrach und tot war, denn damals wusste ich schon das Geheimnis meiner Zeugung, dass ich sein sollte, was er war, und ich erkannte, dass seine lachende Seele an einen hässlichen, einen widerlichen, entstellten Leib geraten war. Ich meinte, dass ich nimmer würde erfüllen können, was er vollbracht hätte. – Vielleicht war es das erste Mal, dass meine Mutter am Grabe sprach. Sie schalt auf den Gärtner, der schlecht gesorgt habe. Und dann sprach sie auch wohl, dass es lange zu erwarten gewesen wäre, dass es geschähe, denn da standen zwei Särge übereinander in der Erde, der meines Großvaters und darauf der meines Bruders. Als sie es aussprach, wusste ich es schon, ich war es ja gewesen, dessen kleinen Kasten man auf den schwarzen Eichensarg des Großvaters niedergelassen hatte. Sie ahnten nicht, wie hohl das geklungen hatte, als er aufstieß, und wie furchtbar es ist, auf einem Toten zu liegen. – Aber das Neue begriff sie überhaupt nicht, sie ahnte nichts von dem Entsetzlichen – wie sollte sie auch, sie ahnte nicht, wie grausig es war, wenn man in einem Grab lag, das einstürzte, in die Gebeine seines Großvaters einbrach, selbst ein morsches Skelett. – Es gibt keine Mittel, mit denen ich das Entsetzen beschreiben soll, das mich packte und das mich immer wieder schüttelt, wenn ich höre, wenn in einem frischen Grab die Erde auf den Sarg fällt. –

Ein ander Mal geschah es, dass am Nachmittag des Weihnachtabends ein Begräbnis auf dem alten Kirchhof war. Ich glaube, es war der letzte Tote, den man hineintrug. – Das Gefolge war klein, es waren nur fünf oder sechs Personen anwesend. – Der Sarg wurde in eines der alten Gewölbe gesenkt, und ich sah es, denn meine Mutter schien die Leute zu kennen und sprach einiges mit ihnen, sodass wir stehen blieben. Dies Gewölbe war mit Särgen überfüllt, die über- und nebeneinander standen – aber Gott sei dank, keiner war vermodert, nur die Blumen an ihnen waren vertrocknet. Mir war nur eins so furchtbar, dass sie so eng beieinander standen. Tote atmen nicht, dachte ich mir und weinte leise für mich hin, während die schwere Platte über die Öffnung gerollt wurde.

An diesem Tag wurde es spät, dass wir zurückkehrten. Die Nacht brach schon an, als wir noch auf dem Kirchhof irrten, und da wir uns beeilen wollten, stiegen wir über Gräber. Ich meinte, die Toten müssten mich an den Füßen zu sich hinabziehen, weil ich ja auch eigentlich zu ihnen gehörte und ihnen nur entronnen war. – Aber es ging vorüber, alles. Wir kamen an einer Kirche vorüber, die hell erleuchtet war, und ich spürte Sehnsucht, einmal hineinzukommen, denn zu der Zeit war ich noch niemals in Kirchen gewesen. Ich sprach davon zu meiner Mutter, und auch sie teilte mein Verlangen, aber an diesem Tag war es unmöglich, und später wurde es verhindert, weil wir immer mit meinem Vater gingen, der davon nichts wissen wollte. Es ist möglich, dass die Enttäuschung über die Geschenke so leicht kommen konnte, weil das Furchtbare vorher gewesen war, und ich tue meinen Eltern Unrecht, wenn ich sie beschuldige, dass sie das oder jenes unterließen, was ihnen möglich gewesen wäre. Doch dessen bin ich sicher, dass ich restlos froh nur an einem Weihnachten war. Ich hatte eine Kuh geschenkt bekommen, die in Gips modelliert war und dann mit gefärbtem Wildleder überzogen wurde. Diese Kuh war ähnlich vollkommen wie die Studie eines Bildhauers, Knochen traten hervor, Rippen, Gliedmaßen. Sie hatte ein Euter und vier Zitzen und eine Öffnung hinten zwischen den Schenkeln. Dieses Tier machte mir Freude, ich verkroch mich mit ihm unter den Tisch, legte mich auf den Teppich und vergnügte mich, sie von unten zu betrachten, sodass ich ihren Bauch und ihr geschwollenes Euter sah. Vielleicht war erste sinnliche Lust dabei, aber ich weiß, dass der Genuss vollkommen war, und das Behagen, mit dem ich ihr Euter betastete, über jedes Maß. Daraus habe ich manches geschlossen seitdem, dass nur solche Geschenke erfreuen können, die wahr sind, dass nur Tiere verschenkt werden sollten zum Spiel für Kinder, die wie die wirklichen Geschlecht und After haben, und Puppen, die wie Jungen oder Mädchen aussehen, wenn sie entkleidet sind. – Die Mühe ist so klein und der Lohn so groß. – Doch man wird dieses nicht begreifen und bei der Unehrlichkeit und inneren Unwahrhaftigkeit bleiben.

Norbert C. Kaser

Christtag

Leider ist der Frieden nicht ausgebrochen. Leider herrscht in uns nicht die Ruhe des Beschenktseins. Leider kann ich an hochheiligen Tagen meine Sticheleien nicht ausbleiben lassen, doch ein wenig friedlicher will ich heute sein. Auch wenn ich kein Pfarrer bin, habe ich gedruckte Grüße und Wünsche zu verteilen:

Lob sei allen Kellnern, die in diesen Tagen gut bei Fuß zu unsren feierlichen Wünschen stehen und laufen müssen, damit wir das letzte Geld in Festschmäusen und Tavernen loswerden können. Viel Trinkgeld sei ihnen beschieden.

Trost für diejenigen Kaufleute, die auf mancher Ware sitzengeblieben sind und sich über den Ausverkauf gerade jetzt den Kopf zerbrechen müssen, wo man doch endlich einmal gerne Ruhe hätte, beziehungsweise nicht oder pralle Kassen.

Lob sei den Mauteinhebern bei der Autobahn, die ohne Christbaum und Kleingeld den Ärger christlicher Fahrer zu spüren kriegen und das gleich rund um die Uhr.

Trost und verheißungsvolle Zukunft den Wirtsleuten, wenn etwa der richtige Schnee nicht kommen will, aber gegessen muss sowieso werden, gesoffen auch. Vor einem Infarkt verschone die Gehetzten der Herr.

Lob für die Vagabunden und Arbeitslosen, denn die Gesellschaft lässt sie in Kälte und wirft ihnen keine Brotkrume vom gebogenen Tisch, denn sie müssen sich mit Fusel über die Tage retten.

Für die Politiker hingegen wieder ein wenig Trost, denn ihre friedvollen Gesichter werden schnell wieder bissig.

Lob den diensthabenden Ärzten und den Pflegern, weil Krankheit und Tod die Weihnacht nicht scheuen.

Trost den Eltern, die krampfhaft ihre ungezogenen Kinder beschenkt haben und wieder feststellen müssen, dass es die gleichen „Fratzen" geblieben sind. Lob den vollen Kirchen, denn manches verlorene Schaf lässt sich im neuen Pelze blicken. Lob dem Rundfunk und dem Fernsehen, die uns mit neuer Fadheit und heuchlerischer Andacht aus der Langweile halfen. Vielleicht erübrigen wir Sportler, Fresssäcke und Frömmler noch einen Gedanken für die Gefangenen, Rauschgiftsüchtigen, Einsamen, Entführten und Säufer. Vielleicht? Vielleicht haben wir vergessen, wen wir vergessen haben. Ich meinesteils bin froh, wenn Spatzen und Hasen und Lawinenhunde gut über den Winter kommen und ich selber auch … Wort zum Festtag. Amen.

211277

Kurt Tucholsky

Groß-Stadt – Weihnachten

Nun senkt sich wieder auf die heim'schen Fluren
die Weihenacht! die Weihenacht!
Was die Mamas bepackt nach Hause fuhren,
wir kriegens jetzo freundlich dargebracht.

Der Asphalt glitscht. Kann Emil das gebrauchen?
Die Braut kramt schämig in dem Portemonnaie.
Sie schenkt ihm, teils zum Schmuck und teils
zum Rauchen,
den Aschenbecher aus Emalch glasé.

Das Christkind kommt! Wir jungen Leute lauschen
auf einen stillen heiligen Grammophon.
Das Christkind kommt und ist bereit zu tauschen
den Schlips, die Puppe und das Lexikohn.

Und sitzt der wackre Bürger bei den Seinen,
voll Karpfen, still im Stuhl, um halber zehn,
dann ist er mit sich selbst zufrieden und im reinen:
„Ach ja, son Christfest is doch ooch janz scheen!"

Und frohgelaunt spricht er vom ‚Weihnachtswetter',
mag es nun regnen oder mag es schnein.
Jovial und schmauchend liest er seine Morgenblätter,
die trächtig sind von süßen Plauderein.

So trifft denn nur auf eitel Glück hienieden
in dieser Residenz Christkindleins Flug?
Mein Gott, sie mimen eben Weihnachtsfrieden …
„Wir spielen alle. Wer es weiß, ist klug."

Hugo Wiener

Eine schöne Bescherung

Pinagls gaben eine Weihnachtsparty. Sie haben zwei süße Kinder, Susi, sechs, und Paul, acht – warum also nicht? Wenn wir, meine Frau und ich, Kinder hätten, würden wir vielleicht auch eine Weihnachtsparty geben. Weihnachten ist ja das Fest für die lieben Kleinen. Sie zeigen einander die neuen Spielsachen, jedes hätte lieber das des andern, sie beginnen zu streiten und zu weinen, bis sie, zum Vergnügen der Erwachsenen, in ihre Betten geschickt werden. Aber ich will nicht vorgreifen.

Als wir ankamen, waren bereits zwei andere Ehepaare da: unser Anwalt, Dr. Robinson mit Gattin, sowie Herr und Frau Wimmer mit einem reizenden, ungefähr sieben Jahre alten Jungen, den sie bald „Bubi", bald „Liebling", bald „Engel" und bald „Schönheit" riefen. Wie er wirklich hieß, weiß ich bis heute nicht.

Wir versammelten uns in Pinagls Arbeitszimmer und tranken Sherry. Plötzlich klingelte das Christkind. Frau Pinagl öffnete die Tür zum Wohnzimmer – wir waren geblendet. Unter einem Plastikbaum mit Plastikkerzen lagen für Susi eine Plastikpuppe, eine Plastikküche und eine Plastikpuppenkücheneinrichtung – für Paul eine Plastikeisenbahn, ein Plastikfeuerwehrauto und ein Plastik-MG. Bubi bekam eine Plastiktrompete, Plastikindianer und Plastikcowboys. Dazu klang es vom Plattenspieler her „I can give you anything but love, baby", gesungen von Louis Armstrong. Frau Pinagl hatte die Platte verwechselt. Sie wollte eigentlich „Stille Nacht, Heilige Nacht" spielen.

Pinagl warf seiner Frau einen unweihnachtlichen Blick zu, die Platte wurde ausgewechselt, und im Nu war die feierliche Stimmung wiederhergestellt. Die Kinder stürzten sich auf ihre Plastikspielsachen, es war rührend, und ich fühlte, wie sich eine Plastikträne in mein Auge stahl.

Nun wurden die Erwachsenen beschert. Pinagl schenkte mir eine Krawatte, die – wie ausgesucht – zu keinem meiner Anzüge passte, meine Frau bekam einen Brieföffner, auf dem „Gruß aus Ischl" stand. Wer sie aus Ischl grüßen ließ, haben wir nie erfahren. Wir schenkten Pinagls einen Salz- und Pfefferstreuer, die sie wahrscheinlich nie verwenden werden. Sie waren sehr hässlich. Robinsons bekamen von Pinagls einen Wandteller und schenkten Pinagls dafür die kleine Vase, die wir im Vorjahr den Pfandls geschenkt hatten. Ich erkannte sie an dem Sprung, den sie hatte. „Entschuldigt", hatte ich damals gesagt, „das muss mir beim Einpacken passiert sein!" So etwas konnte nur mir einfallen. Ich bin ein Schlauer! „Entschuldigt", hörte ich im selben Moment Robinson sagen, „das muss mir beim Einpacken passiert sein!" Meine Frau musste lachen. Sie sagte, aus Freude über den Brieföffner.

Die Wimmers bekamen einen kleinen Elefanten – es war derselbe, den beim letzten Weihnachtsfest die Wolfs den Pinagls geschenkt hatten – und brachten Susi dafür ein Bilderbuch und Paul ein zeitgemäßes Puzzlespiel: „Vereinte Nationen". Wie immer man es zusammensetzte, war es falsch. Bubi bekam „Der kleine Bastler: Wie baue ich eine Atombombe?" Er befasste sich sofort damit, und in zehn Minuten gab es eine Explosion. Menschenleben gab es keine zu beklagen, aber wir alle hatten schwarze Gesichter. Bubi scheint die Gebrauchsanweisung nicht richtig gelesen zu haben. Aber alle lachten und verwünschten innerlich den kleinen Bastler und den, der ihm dieses Geschenk gemacht hatte. Dass die kleine Perserbrücke Feuer fing und verbrannte, störte mich nicht. Es war mir noch rechtzeitig gelungen, die Krawatte, die Pinagls mir geschenkt hatten, unbemerkt in die Flammen zu werfen.

Zum Essen gab es Geflügelcremesuppe, Truthahn, eine Eisbombe – und dazu ein Blaskonzert für Plastiktrompete, alternierend ausgeführt von den Geschwistern Susi und Paul Pinagl und Herrn Bubi Wimmer. Schließlich wollte Bubi seine Trompete nicht mehr aus der Hand geben, die Kinder stritten und weinten (siehe oben), und Susi und Paul wurden zu Bett geschickt. Bubi suchte für den Rest des Abends die Trompete, die ich, während des Abgangs der Pinaglkinder, geschickt mit dem Fuß unter die Couch gestoßen hatte.

Um Mitternacht brachen wir auf. „Ich möchte euch für den reizenden Abend danken", sagte ich zu Pinagls und dachte dabei: „Aber ich kann es nicht!" Wimmers und Bubi empfahlen sich ebenfalls. Dr. Robinson und Frau bestanden darauf, uns in ihrem neuen Wagen nach Hause zu bringen. „Das ist nicht nötig", sagten wir, „wir wohnen keine zehn Minuten von hier, und ein kleiner Spaziergang ist ganz gesund." Aber Robinson ließ nicht locker. „Ich lasse euch bei Nacht nicht zu Fuß gehen", sagte er, „ihr wisst, wie unsicher es auf den Straßen ist." Also sagten wir ja. Und warum sollten wir nicht mit ihm fahren? Wenn ich an die Anwaltsspesen dachte, die wir ihm im Laufe der Jahre bezahlt hatten, gehörte mindestens eines der vier Räder uns.

Der neue Wagen war ein Prachtstück. „Ihr müsst beide von der linken Seite einsteigen", sagte Robinson, „von der rechten Tür ist der Türgriff abgebrochen und kann erst nach Weihnachten repariert werden. Bei neuen Wagen kommt das vor." Also stiegen wir von der linken Seite ein. Der Wagen war etwas niedrig, sodass ich mir sofort das Kreuz verrenkte. Schwungvoll warf Robinson die Tür zu, stieg ein und startete. Das heißt, er wollte starten. Der Wagen sprang nicht an. „Es ist ihm kalt!", sagte Frau Robinson und wir nickten verständnisvoll. „Bei neuen Wagen kommt das vor." Dem Wagen war volle zwölf Minuten kalt. Endlich gab es einen Ruck. Der Wagen war, wie bereits erwähnt, etwas niedrig, wodurch mein Kopf gegen das Dach schlug. „Hast du dir weh getan?", fragte Frau Robinson. Ich sagte nein und wusste nicht, was mehr schmerzte – der Kopf oder das Kreuz. Wir fuhren los und waren in vier Minuten vor unserem Haus.

Wir reichten Robinsons die Hände und dankten ihnen, dass sie uns nach Hause gebracht hatten. „Ihr müsst links aussteigen", sagte Robinson, „von der rechten Tür ist der Türgriff abgebrochen und kann erst nach Weihnachten repariert werden." Wir wussten das bereits – bei neuen Wagen kommt das vor – wir wollten aussteigen – die Tür ging nicht auf. „Du musst leicht dagegendrücken", sagte Robinson. Ich drückte leicht dagegen, ich drückte stark dagegen – die Tür ging nicht auf. „Deine Frau soll gegen *dich* drücken", riet Robinson. Meine Frau drückte gegen mich, ich drückte gegen die Tür – die Tür ging nicht auf. „Ich werde es von außen versuchen", meinte Robinson und wollte aussteigen – aber auch seine Tür ging nicht auf. „Versuch es bei dir", sagte er zu seiner Frau. Frau Robinson versuchte – auch ihre Tür ging nicht auf. „Wir sind gefangen!", stellte meine Frau fest. „Lächerlich!", meinte Robinson. „Versuchen wir es zu dritt!" Er stand auf, drehte sich um, kniete sich auf seinen Sitz, drückte gegen meine Frau, meine Frau drückte gegen mich, ich drückte gegen die Tür – die Tür ging nicht auf. Robinson drehte sich nach vorn, wobei er seiner Frau die Perücke verschob, und wir verschnauften ein wenig. Meine Frau hatte eine Weltidee: „Wir zerbrechen eines der Fenster, stecken die Hand durch und versuchen es von außen." Robinsons Blick verdüsterte sich. „Das Glas ist unzerbrechlich", sagte er.

Langsam wurde es kalt, weil die Heizung nur funktionierte, wenn man den Motor laufen ließ. Robinson stellte also den Motor wieder an. Vier Menschen, in Pelze gehüllt, erbarmungslos eingeschlossen in einen Wagen, dazu der Benzingeruch – Robinson stellte den Motor wieder ab. Es wurde wieder kalt.

„Wenn wir zu Fuß gegangen wären", stöhnte meine Frau, „könnten wir jetzt schon im Bett liegen."

„Ist das der Dank, dass wir euch mitgenommen haben?", krähte Frau Robinson. Frau Robinson krähte immer, aber in dieser Nacht war sie besonders gut bei Kräh.

„Wir wollten ja nicht mitgenommen werden!", konterte meine Frau.

„Hast du gehört, Emil?", rief Frau Robinson höhnisch. „Sie wollten nicht mitgenommen werden!" Und zu uns: „Vor dem Wagen seid ihr gestanden und habt ihn so lange angeglotzt, bis wir euch mitnehmen *mussten*!"

Meine Frau wandte sich entrüstet an mich. „Was sagst du!?", fragte sie. „*Wir* haben den Wagen angeglotzt!"

Ich versuchte, Frieden zu stiften. „Wir haben den Wagen *nicht* angeglotzt, Bela", sagte ich zu Robinson.

„Und wenn wir ihn angeglotzt haben", fügte meine Frau hinzu, „dann haben wir ihn nur angeglotzt, weil wir uns

gefragt haben, welche Snobs ein solches Ungetüm fahren."
Meine Bemühung, den Frieden zu erhalten, war gescheitert, denn jetzt mischte sich Robinson ins Gespräch.

„Das ist eine Beleidigung!", schrie er. „Den ‚Snob' lasse ich nicht auf mir sitzen!"

„Ich auch nicht!", pflichtete seine Frau ihm bei.

„Ihr könnt uns ja verklagen!", sagte meine Frau.

„Drauf könnt ihr euch verlassen!", schrie Robinson wieder. „Hättet ihr euch ein Taxi genommen, wenn euch unser Wagen nicht passt!", fiel Frau Robinson ein.

„Wir wollten ja gar nicht fahren!", brüllte nun meine Frau. „Ihr habt uns ja nicht zu Fuß gehen lassen!"

Robinson tobte. „Das ist eine Lüge!", schrie er.

Das war wieder mir zuviel. „Wollt ihr vielleicht behaupten, dass meine Frau eine Lügnerin ist?"

„Mischen Sie sich nicht ein!", stellte Robinson mich ab. Wir waren bereits per Sie. „Im Übrigen verlassen Sie meinen Wagen!"

„Wenn wir das könnten", dachte ich.

„Wagen?", lachte meine Frau, aber es war kein freundliches Lachen. „Das ist doch kein Wagen! Das ist ein fahrendes Gefängnis! Darin fühlen vielleicht *Sie* sich wohl und auch Ihre Frau, aber wir nicht!"

„Wollen Sie damit andeuten, dass meine Frau und ich ins Gefängnis gehören?", fragte Robinson lauernd. „Ich werde Sie verklagen! Wegen Ehrenbeleidigung!"

„Und ich werde Sie verklagen! Wegen Freiheitsberaubung!", schrie jetzt auch ich.

„Sehr richtig!", stimmte meine Frau mir zu. „Wie kommen wir dazu, die Nacht in einem solchen Vehikel zu verbringen!"

„Vehikel!" Frau Robinson fiel fast in Ohnmacht. „Wissen Sie, was dieses ‚Vehikel' gekostet hat? Zweihundertvierzigtausend Schilling!"

„Haben Sie es schon bezahlt?", fragte ich grinsend.

„Nicht ganz", grinste Robinson zurück. „Den Rest werde ich bezahlen, bis Sie die Güte haben werden, das Honorar zu begleichen, das Sie mir von Ihrem letzten Plagiatsprozess her noch schuldig sind!"

Jetzt hatte ich genug. „Sie Winkeladvokat!", schleuderte ich ihm ins Gesicht.

„Sie Schandfleck der Literatur!", gab er den Ball zurück. „Sie und Ihre Brettldiva –"

„Brettldiva?", unterbrach meine Frau ihn empört. „Mich hat mein Mann aus Liebe geheiratet, während Sie Ihre Frau nur genommen haben, weil sie eine Million Schilling hatte!"

„Das kannst du nicht sagen", wies ich meine Frau scheinbar zurecht. „Er hätte sie auch genommen, wenn sie eine Million Dollar gehabt hätte! Hahaha!" Ich beschloss, mir diese Pointe zu merken.

„Hahaha!", machte Robinson mir nach.

„Das lässt du dir gefallen?", kreischte seine lautere Hälfte. Robinson holte aus und wollte mir eine Ohrfeige geben. Zu unserem größten Vergnügen bedachte er die Enge des Raumes nicht und schlug seine Frau mit dem Handrücken ins Gesicht.

„Du hast mich geschlagen!", begann sie zu jammern. „Nach zwanzigjähriger Ehe!"

„Wenn du mir mit dem Gesicht in die Hand rennst!", fauchte Robinson sie an. Die beiden vergaßen auf uns und stritten nach Art des Hauses. Meine Frau und ich lehnten uns zurück, und bald waren wir eingeschlafen.

Plötzlich erwachte ich. Jemand musste aus dem Wagen gefallen sein. Als ich mich umsah, war *ich* es.

Ich musste mich gegen die Tür gelehnt haben, die anscheinend plötzlich von selbst aufgegangen war. Zu meinem Glück war ich in einen Schneehaufen gefallen, sehr zum Gaudium der Kinder, die den Wagen umstanden. Es war bereits acht Uhr früh. Ich öffnete die restlichen drei Türen, weckte meine Frau und die Robinsons.

„Na also!“, sagte Robinson freundlich. „Da wären wir.“

„Ja“, sagte ich, „und vielen Dank, dass ihr uns mitgenommen habt.“

„Fröhliche Weihnachten!“, sagte meine Frau.

„Fröhliche Weihnachten!“, sagten Robinson-Er und Robinson-Sie. „Und lasst euch bald bei uns anschaun!“ Dann fuhren sie los. Wir winkten ihnen nach. An der nächsten Ecke hatten sie eine Panne.

Bei neuen Wagen kommt das vor.

Heinrich Böll

Monolog eines Kellners

Ich weiß nicht, wie es hat geschehen können; schließlich bin ich kein Kind mehr, bin fast fünfzig Jahre und hätte wissen müssen, was ich tat – und hab's doch getan, noch dazu, als ich schon Feierabend hatte und mir eigentlich nichts mehr hätte passieren können. Aber es ist passiert, und so hat mir der Heilige Abend die Kündigung beschert. Alles war reibungslos verlaufen: Ich hatte beim Dinner serviert, kein Glas umgeworfen, keine Soßenschüssel umgestoßen, keinen Rotwein verschüttet, mein Trinkgeld kassiert und mich auf mein Zimmer zurückgezogen, Rock und Krawatte aufs Bett geworfen, die Hosenträger von den Schultern gestreift, meine Flasche Bier geöffnet, hob gerade den Deckel von der Terrine und roch: Erbsensuppe. Die hatte ich mir beim Koch bestellt, mit Speck, ohne Zwiebeln, aber sämig, sämig. Sie wissen sicher nicht, was sämig ist; es würde zu lange dauern, wenn ich es Ihnen erklären wollte: Meine Mutter brauchte drei Stunden, um zu erklären, was sie unter sämig verstand. Na, die Suppe roch herrlich, und ich tauchte die Schöpfkelle ein, füllte meinen Teller, spürte und sah, dass die Suppe richtig sämig war – da ging meine Zimmertür auf, und herein kam der Bengel, der mir beim Dinner aufgefallen war: klein, blass, bestimmt nicht älter als acht, hatte sich den Teller hoch füllen und alles, ohne es anzurühren, wieder abservieren lassen: Truthahn und Kastanien, Trüffeln und Kalbfleisch, nicht mal vom Nachtisch, den doch kein Kind vorübergehen lässt, hatte er auch nur einen Löffel gekostet, ließ sich fünf halbe Birnen und 'nen halben Eimer Schokoladensoße auf den Teller kippen und rührte nichts, aber auch nichts an, und sah doch dabei nicht mäklig aus, sondern wie jemand, der nach einem bestimmten Plan handelt. Leise schloss er die Tür hinter sich und blickte auf meinen Teller, dann mich an: „Was ist denn das?“, fragte er. „Das ist Erbsensuppe“, sagte ich. „Die gibt es doch nicht“, sagte er freundlich, „die gibt es doch nur in dem Märchen von dem König, der sich im Wald verirrt hat.“ Ich hab's gern, wenn Kinder mich duzen; die Sie zu einem sagen, sind meistens affiger als die Erwachsenen. „Nun“, sage ich, „eins ist sicher: Das ist „Erbsensuppe.“ – „Darf ich mal kosten?“ – „Sicher, bitte“, sagte ich, „setz dich hin.“ Nun, er aß drei Teller Erbsensuppe, ich saß neben ihm auf meinem Bett, trank Bier und rauchte und konnte richtig sehen, wie sein kleiner Bauch rund wurde, und während ich auf dem Bett saß, dachte ich über vieles nach, was mir inzwischen wieder entfallen ist; zehn Minuten, fünfzehn, eine lange Zeit, da kann einem schon viel einfallen, auch über Märchen, über Erwachsene, über Eltern und so. Schließlich konnte der Bengel nicht mehr, ich löste ihn ab, aß den Rest der Suppe, noch eineinhalb Teller, während er auf dem Bett neben mir saß. Vielleicht hätte ich nicht in die leere Terrine blicken sollen, denn er sagte: „Mein Gott, jetzt habe ich dir alles aufgegessen.“ – „Macht nichts,“ sagte ich, „ich bin noch satt geworden. Bist du zu mir gekommen, um Erbsensuppe zu essen?“ – „Nein, ich suchte nur jemand, der mir helfen kann, eine Kuhle zu finden; ich dachte, du wüsstest eine.“ Kuhle, Kuhle, dann fiel mir's ein, zum Murmelspielen braucht man eine, und ich sagte: „Ja, weißt du, das wird schwer sein, hier im Haus irgendwo eine Kuhle zu finden.“ – „Können wir nicht eine machen“, sagte er, „einfach eine in den Boden des Zimmers hauen?“

Ich weiß nicht, wie es hat geschehen können, aber ich hab's getan, und als der Chef mich fragte: Wie konnten Sie das tun?, wusste ich keine Antwort. Vielleicht hätte ich sagen sollen: Haben wir uns nicht verpflichtet, unseren Gästen jeden Wunsch zu erfüllen, ihnen ein harmonisches Weihnachtsfest zu garantieren? Aber ich hab's nicht gesagt, ich hab' geschwiegen. Schließlich konnte ich nicht ahnen, dass seine Mutter über das Loch im Parkettboden stolpern und sich den Fuß brechen würde, nachts, als sie betrunken aus der Bar zurückkam. Wie konnte ich das wissen? Und dass die Versicherung eine Erklärung verlangen würde, und so weiter, und so weiter. Haftpflicht, Arbeitsgericht, und immer wieder: unglaublich, unglaublich. Sollte ich ihnen erklären, dass ich drei Stunden, drei geschlagene Stunden lang mit dem Jungen Kuhle gespielt habe, dass er immer gewann, dass er sogar von meinem Bier getrunken hat – bis er schließlich todmüde ins Bett fiel? Ich hab' nichts gesagt, aber als sie mich fragten, ob ich es gewesen bin, der das Loch in den Parkettboden geschlagen hat, da konnte ich nicht leugnen; nur von der Erbsensuppe haben sie nichts erfahren, das bleibt unser Geheimnis. Fünfunddreißig Jahre im Beruf, immer tadellos geführt. Ich weiß nicht, wie es hat geschehen können; ich hätte wissen müssen, was ich tat, und hab's doch getan: Ich bin mit dem Aufzug zum Hausmeister hinuntergefahren, hab' Hammer und Meißel geholt, bin mit dem Aufzug wieder raufgefahren, hab' ein Loch in den Parkettboden gestemmt. Schließlich konnte ich nicht ahnen, dass seine Mutter darüber stolpern würde, als sie nachts um vier betrunken aus der Bar zurückkam. Offen gestanden, ganz so schlimm finde ich es nicht, auch nicht, dass sie mich rausgeschmissen haben. Gute Kellner werden überall gesucht.

Christine Nöstlinger

Ans Christkind

Ans Christkind:
Meine Eltern sind seit Wochen zerstritten,
also möchte ich dich bitten,
heuer die Geschenke sein zu lassen.
Mach lieber, dass die zwei sich nimmer hassen
und sich am Heiligen Abend zur Versöhnung küssen
und die Nachbarn nicht wieder die Polizei rufen müssen.

Deine kleine Brigitte.
Wohnhaft: Wien-Mitte

Rainer Maria Rilke

Das Christkind

„GESTORBEN" stand in gleichgültigen, brutalen, feucht leuchtenden Lettern in dem dicken, grünen Krankenhausbuch. In derselben Zeit war zu lesen, II. Stock, Zimmer 12, Nummer 78. Horvát, Elisabeth, Försterstochter, 9 Jahre alt.

Der frühe Februarabend sah wie mit rotgeweinten Büßeraugen, müd und mürrisch, in das Zimmer 12. Die grau-weißen Wände der Krankenstube schienen in den gleichfarbenen Dämmer zu zerfließen, und das schwarze Holzkreuz schwebte frei in der Luft. Die Eisenbetten waren in verschwommenen Umrissen sichtbar. Die dämmerige Atmosphäre lag wie ein Bann auf den Kindern, deren je zwei ein Lager teilten. Irgendwo in dunkler Ecke weinte eines trostlos und leise, ein anderes erzählte mit weicher und vorsichtiger Stimme, als ob es am Bett der kranken Mutter säße, und ein kleines Mädchen, dem Fenster zunächst, hockte aufrecht in den Kissen, die Arme um die aufgestemmten Knie geschlungen. Sein Profil und die rundliche Schulter hoben sich scharf als Silhouette ab von dem blassblauen Fenster. Und die karbolsatte Luft war so dicht, dass es schien, als prallten die schüchternen Laute des plaudernden Mädchens an ihr ab, und nur das versteckte Weinen aus der dunkeln Ecke bohrte sich mit spitzen Tönen in das Dämmer. So ist es im Wald an den Nebelnachmittagen des Frühherbstes: Die Stimmen aus Bach und Kraut versickern in dem Dunstmeer, und nur das Wimmern windgequälter Wipfel zittert durch den einsamen Tann.

Jetzt trat die wartende Schwester zärtlichen Schrittes in die Stube ein. Sie entzündete die Gasflamme, die, hinter grünem Zeug versteckt, an der Mittelwand des Zimmers angebracht war. – Das mondscheinfarbene Licht flutete weich wie eine an flachem Sande landende Welle durch den Raum und beleuchtete fast gleichmäßig die fünf Eisenbetten. Die Schwester aber schob den Vorhang ein wenig beiseite: ungehemmt, mit rücksichtsloser Gewalt brach das grelle, rote Licht hervor. Eines von den mattschwarzen Wandtäfelchen war jetzt voll beschienen; es trug die Nummer 78. Das Bett darunter war zerwühlt und leer. Die Schwester trat hinzu, entfernte die Linnen und glättete die Matratzen.

Die Kinder waren alle verstummt. Sie folgten jeder Bewegung der Schwester mit geblendeten, lichtscheuen Blicken. Sogar die Kleine in der Ecke weinte nicht mehr. Sie saß aufrecht, den Kopf in beide Fäustchen gepresst, und unter der schneeweißen Stirnbinde glühten ihre Augen, groß, wie eine einzige dunkle Frage.

Die Wärterin warf ihr die Puppe, die sie im verlassenen Lager vorgefunden hatte, in den Schoß. Das Kind zuckte nur leicht zusammen und rührte das Spielzeug nicht an. Als starrte es in eine grelle vernichtende Flamme, sprühte in seinen Fieberaugen ein unsteter, flackernder Widerschein auf. Und in unbestimmtem Bangen verkroch sich das Kind, das das Bett mit ihm teilte, unter die Decke.

Da wandte sich die Kleine beim Fenster, und ihre Stimme war wie ein Sonntagslied: „Ist die Betty jetzt ein Engel?“

Die Schwester nickte und lächelte und breitete mit ihren weißen Händen die hellblaue Hülldecke über das leere Bett.

Der Tod ist ein Nummerwechsel. – Die kleine Elisabeth lag jetzt drunten in der Kammer, deren weiße Außenwände sie oft vom Fenster aus gesehen hatte. Sie war kleiner geworden und brauchte mit ihren abgefrorenen Füßchen wenig Raum in dem schlichten Holzbett, an dem schon die neue Nummer angeheftet war. Die Nummer der Grube da draußen. Die war schon bereit; aber sie gähnte nicht schwarz wie der Rachen eines Untiers. Die hereinbrechende Nacht begann ein schimmerweißes Schneelinnen hineinzuweben, sodass der Platz nett und verlockend aussah wie das Bettchen reicher Kinder. Und die kleine Betty in der stillen Kammer lag so ruhig und getrost da, als wüsste sie das. Die wachsweißen Händchen hielten, wie spielend, ein kleines Holzkreuz, das Haar sonnte wie ein Heiligenschein aus der Spitzenwolke des Sterbekissens, und um die dünnen, blassen Lippen blühte ein wehmütiges Lächeln; so schlingt sich ein Kranz Immortellen um ein vergilbtes Gebetbuchblatt.

Lächelte sie, weil sie schon die liebe Mutter gesehen hatte, die sie nun seit vier Jahren beim lieben Gott erwartete? War die kleine Seele schon auf jungen, schimmerweißen Falterflügeln durch die grauen Nebel, an lauter lächelnden Sternen vorbei, in die ewige Heimat geflogen? Flatterte sie schon über die weite Milchstraße, wo so viele fleißige Engel sitzen, die immer neue Sterne blasen, wie die Kinder auf Erden Seifenkugeln? War sie leicht gar schon nahe beim lieben Gott, der einen großen, silbernen Bart haben musste und eine große, leuchtende Krone?

Dorthin dürfen doch reine Seelen?

Und Narben gehen ja nicht durch bis auf die Seele, – nicht wahr?

Sie kriechen nur über das kleine tote Körperchen wie rote, giftige Raupen. – Und wenn der liebe Gott befiehlt, dass die kleine Elisabeth mit diesem Körperchen angetan vor ihm erscheinen sollte, so werden die Wunden daran sicher schon heil sein, und man wird selbst im Himmel, wo es doch sehr hell ist, nicht einmal einen roten Strich mehr sehen.

Und das ist gut; denn der liebe Gott und die gute Mutter – sie sollen nicht wissen, dass die Stiefmutter die kleine Betty blutig geschlagen hat. Und, dass sie's nie erfahren, das betete wohl die Kleine mit den blassen, gefalteten Händchen und den stillen, toten Lippen in der dunklen Leichenkammer.

Seliger Weihnachtstag, da die Kleinen mit vor Ungeduld trippelnden Beinchen und leuchtenden Augen an der verschlossenen Türe lauschen, hinter der sich helle, duftende Wunder vorbereiten, mit wichtiger Miene der Mutter zusehen, die den Festtagsfisch schmort für das Abendessen, und, alte Lieder auf den frischen Lippen, zum Großmütterchen, das im hohen Ohrenstuhl am plaudernden Feuer träumt, hüpfen und ihm die sanften, faltigen Hände küssen. Und dann kommt wohl auch der Vater heim und bringt, Schneeperlen im Barte, ein tüchtig Stück Winter mit und erzählt vom Christkind, das ihm auf verwehten Wegen begegnet ist, und dass es Haare wie eitel Gold hat und die Hände voll bunter, prächtiger Dinge. – Und draußen heult der Sturm, und ein Schlitten klingt irgendwo, und alles ist so geheimnisvoll und so groß und so feierlich, dass man es nie mehr vergessen kann – ein ganzes Leben nicht.

Und die kleine Elisabeth hatte es auch nicht vergessen, dass es einmal so war, als Mutter noch lebte und die fremde Frau mit dem roten Gesichte noch nicht mit am Tische aß. Und sie hockte fröstelnd am Herde, in dem ein wildes, ungastliches Feuer loderte.

Ihre Sehnsucht nach der Mutter war auf einmal gar groß. Und als die dicke Frau sie mit Schlägen aus der Küche trieb, da verkroch sie sich wie ein misshandelter Hund in den letzten Winkel unter dem Dache und weinte dort leise in sich hinein. Und es war, als löste sich alles Schwere, Dunkle in ihr in diesen lautlosen Tränen. Sie wusste endlich nur, dass es heute wieder Weihnachten war, und dass alle guten Kinder fröhlich sein müssen, weil das Christkind durch die Welt geht.

Der Vater fand sie dort, strich ihr mit zitternden Fingern durchs Haar und schenkte ihr ein paar Kreuzer – einen ganzen Reichtum für das Kind. Und Betty hüpfte empor und schlang mit lachenden, klaren Augen beide Arme fest um Vaters Hals.

Das war wie ein Abschied.

Zwei Stunden später trippelte die Kleine, Vaters Kreuzer in der rechten Faust, durch die Gassen des Städtchens. Der Weihnachtstag war weiß und windstill und der körnige Schnee verbrämte, wie weißes Pelzwerk, die dünnen Schuhe des Kindes. Es lief waldwärts. Bei den letzten Häusern traf es eine kleine Gespielin. Die verstellte ihr den Weg und sagte in überlegenem Tone: „Glaubst du, das Christkind kommt auch zu dir?"

Betty schlug die großen, blauen Augen auf und antwortete mit inniger Überzeugung: „Das Christkind kommt zu allen braven Kindern."

Und die Mittagsglocken klangen groß und ernst in den frostroten Weihnachtstag, als sagten sie ein „Amen" dazu.

Beim letzten Krämer kaufte Elisabeth um ihre Kreuzer ein paar Kerzchen, eine bunte, lange Flitterkette, Zündhölzchen und ein riesiges Herz aus Lebkuchen. Mit diesen Schätzen beladen lief sie weiter in den Wald, wo ihr schon keine Menschen mehr begegneten, als die, die wegabseits dürres Reisig suchten; und die sahen vergrämt und erfroren aus und achteten nicht des Kindes.

Es gibt eine Stelle im Walde, wo der Abend, der sein Gold, ängstlich wie ein Geizhals, hinter den nächsten Berg trägt, zögernd verweilt, als könnte er sich kaum trennen von der schönen Erde. Dort stehen langstielige weiße Blüten, und die wiegen darin ihre Pracht im veratmenden Winde, wie Kinder, die dem scheidenden Vater ihre Tücher nachschwenken. So – sommers. Allein auch mitten im Winter, da der frühmüde Abend die roten Sohlen durch den schimmernden Schnee schleift, rastet er dort und küsst mit letzter Glut die alte, auf verwitterter Steinsäule wohnende Wegmadonna, die ihm in einsamer Wehmut nachlächelt.

Das war der kleinen Elisabeth liebster Platz. Dorthin war sie oft geflüchtet, brennende Schläge auf dem Rücken, und hatte der vergessenen Himmelskönigin ihr Leid erzählt wie einer Mutter. Und ihr war oft gewesen, als trüge das Steinbild die Züge des toten Mütterchens. Und nun hatte sie die Stelle noch viel lieber. Solang es Blumen gab, verging kein Tag, ohne dass das Kind den rostigen Nagel am Sockel mit frischem Schmuck verdeckte; und, traun, wenn jeder

Altar im Lande nur *einen* solchen Beter fände, Gott müsste der Welt näher kommen!

Auch an diesem Weihnachtsabend ging die Kleine den gewohnten Weg und schleppte den Tand, den sie eingekauft hatte, mit sich. Ein stiller Plan machte ihre Augen glänzen und ihre Füßchen eilen. Sie warf der Steinmadonna einen neckisch-ehrfurchtsvollen Blick zu, der besagen sollte: Gelt, ich bin brav? Heut hast du mich nicht erwartet.

Dann ging sie ohne Zagen ans Werk. Jenseits des Pfades, an dem ihre Betsäule stand, begann ein junges Tannengehölz. Das kleine Mädchen wählte einen der vordersten Bäume, dessen Spitze es mit ausgestrecktem Arm eben noch erreichen konnte, und spannte die bunte Papierkette um die waagrechten Zweige, auf denen schon fester Schnee wie glitzernder Demantschmuck prangte. Dann tropfte es die Kerzchen an den Ast-Enden fest, und zugleich mit dem ersten Stern der Heilsnacht gingen die Lichter an dem einsamen Weihnachtsbaum auf.

Das war nun wirklich eine große Pracht. Um die rotschwelenden Kerzchen herum schmolz der Schnee und das glitzerte und blitzte, dass es eine Freude war. Klein-Elisabeth sagte zuerst ein frommes Sprüchlein vor der Muttergottes her und rief, auf das strahlende Bäumchen weisend: „Freuts dich?" Dann biss sie gar herzhaft in das Lebkuchenherz und stand mit vollen Backen so nah vor dem leuchtenden Tannenbaum, dass der Widerschein des Glanzes in ihren reinen Augen funkelte.

Der ganze, weite Wald schien das Christfest mitzufeiern. Die hohen, schwarzen Tannen standen weit im Umkreis wie ehrfurchtsvolle Beter und staunten das just noch so unbedeutende Bäumchen an, wie Menschen ein Wunderkind betrachten. Die fernen Sterne sogar schienen sich über der Stelle zusammenzudrängen, um ja nichts von dem Schauspiel zu verlieren und dem lieben Gott und den Engeln und der guten Mutter der kleinen Elisabeth erzählen zu können, was für ein braves Kind sie wäre.

Auf den dämmerigen Waldwegen aber kamen große schwarze Vögel in neugierigen Sprüngen näher. Die könnten auch Hunger haben, dachte das Kind; Betty verspürte keine Furcht, und so teilte sie das mächtige Kuchenherz mit den gierigen Gästen. Ihr ward so froh und so selig, dass sie hätte singen mögen, wenn sie nur ein recht schönes, würdiges Lied gewusst hätte.

Die Kerzen waren schon ziemlich tief gebrannt; da setzte sich die Kleine zu Füßen des Heiligenbildes hin mit glücklichen Augen und frostblauen Händchen. Aber vom Frieren fühlte sie nichts. Es war so wunderstill um sie, und wenn sie die Augen schloss, so sah sie sich auf dem Schoß der teuren Mutter sitzen in warmer, traulicher Stube. Die Uhr tickte in gemessenem, behäbigem Takte, und der Wind schraubte sich in den prasselnden Kamin. Die Mutter strich ihr leise und zärtlich über den Scheitel und küsste sie mit roten, weichen Lippen mitten auf die Stirn. Und sie war schön, die Mutter, schön, wie die Fee im Märchen von Andersen, und trug eine seltsame Krone im reichen, flutenden Haar.

Und sie anschauen – war gut …

So kam es, dass die kleine, arme Elisabeth ein schöneres Christfest hatte, als die reichen, satten Kinder in den schimmernden Stuben.

Sie war sehr glücklich. Und dieses Glück leuchtete auf dem kleinen Gesichte, wie sie so zu Füßen der Madonnensäule schlief. Die Händchen waren fest und treu gefaltet, und vom Steinbild floss ein schwarzer Schatten über das lächelnde Kind, als hätte die gnädige Himmelsfrau einen schützenden Schleier darüber gebreitet.

Das Bäumchen strahlte noch einmal hell auf in mählich verlöschender Pracht, und es hub ein Schneien an, langsam und feierlich, als schwebten alle Sterne zur Erde nieder.

Zwei Waisenkinder gingen an diesem Weihnachtsabend spät aus der Stadt dorfwärts durch den Wald. Und sie erzählten dem Pfarrer im Dorfe atemlos, mit glänzenden Augen:

„Wir haben das Christkind gesehen – mitten im Wald. Es lag neben einem herrlich leuchtenden Bäumchen und ruhte aus. Und es war schön, das Christkind, – so schön …“

Georg Paulmichl

Geehrter Tischler Peppi!

Einen Dank muss ich übersenden. Danke für den Schmaus und die fröhliche Absättigung. Die Kaiserschmarrnunterhaltung in Kastelbell halte ich im Gelöbnisgedächtnis. Die Verdauung habe ich bereits überwunden. Zuviel am Bratteller naschen darf man nicht, sonst wölbt sich die Gedärmekuppel.

Du hast einen schweren Beruf. Tischler sein ist eine mühselige Aufgabe, weil die Nägel immer auf die schiefe Bahn geraten.

Das Christkind klingelt schon bei der Pfortentür. Überall rennen die Leute vor der Paketflut davon. Die Geldschwemme ist in den Bozner Lauben nicht eingekehrt. Die Geschäftsmänner haben der Bevölkerungssparte den Zorn überschüttet. Bei mir ist die weihnachtliche Stimmung abgestumpft. Das Weihnachtskindertrallala ist für den Georg ausgeübt und fertig. Ich bin zu alt für die Sternspritzerbotschaft. Den Gabentisch haben die Eltern erfunden, damit die Kinder nicht den Ungehorsam verweigern. Weiß der Pfarrer Hildpolt, dass die Weihnachtsgeschenke nicht von den Himmelsscharen gelegt werden?

In Prad kollert vom Himmelszelt kein Flockentaumel. Keine weiße Landschaft liegt bedeckt zum Stapfvergnügen. Die Landschaftshügel erstrahlen griesgrämig. Die Grasbüschel halten noch ihr Grünzeug beisammen. Der Schnee gedeiht uns nicht mehr. Die Schuld hat der Sender Bozen, weil er die falsche Wetterbotschaft ausruft! Aufpassen, Peppi, dass du auf dem Eisfeld nicht die Flugbahn hinlegst!

Bald beginnt die Ferienzeit. Am Kachelofen werde ich die Gesäßabteilung warmhalten, die drei Könige abbezahlen und die Kekssorten dem Zahnfleisch zuführen. Die drei Könige sind nur verkleidete Junggesellen aus dem Ministrantenkomitee. Sie müssen die Geldwerte erhöhen. Um Weihnachten ziehen die Musikkapellenbanden mit Klangwerk vor die Haustüren. Mit dem Schnapsglas wärmen sie sich das Mundgebläse. Zuviel darfst du um Weihnachten nicht das Schnapsglas hochheben, sonst fängt der Verstand zu flattern an.

Peppi, nicht den Weihnachtsputz in der Tischlereifirma vergessen!

Paulmichl Georg
Bratäpfelzeit 2000

Bertolt Brecht

Vom Brot und den Kindlein

1
Sie haben nicht gegessen
Das Brot im hölzernen Schrein
Sie riefen, sie wollten essen
Lieber die kalten Stein.

2
Es ist das Brot verschimmelt
Weil's keiner essen will.
Es blickte mild zum Himmel
Da sagte der Schrank ihm still:

3
„Die werden sich noch stürzen
Auf ein Stückelein Brot
Mit wenigen Gewürzen
Nur für des Leibes Not."

4
Es sind die Kindlein gangen
Viele Straßen weit.
Da mussten sie ja gelangen
Außer die Christenheit.

5
Und bei den Heiden da hungern
Kindlein dürr und blass.
Es geben ihnen die Heiden
Keinem irgendwas.

6
Sie würden sich gerne stürzen
Auf ein Stückelein Brot
Mit wenigen Gewürzen
Nur für des Leibes Not.

7
Das Brot aber ist verschimmelt
Gefressen von dem Vieh.
Woll's Gott, es hat einst der Himmel
Ein kleines Gewürzlein für sie.

Erich Kästner

Sechsundvierzig Heiligabende

Fünfundvierzigmal hintereinander hab ich mit meinen Eltern zusammen die Kerzen am Christbaum brennen sehen. Als Flaschenkind, als Schuljunge, als Seminarist, als Soldat, als Student, als angehender Journalist, als verbotener Schriftsteller. In Kriegen und im Frieden. In traurigen und in frohen Zeiten. Vor einem Jahr zum letzten Mal. Als es Dresden, meine Vaterstadt, noch gab.

Diesmal werden meine Eltern am Heiligabend allein sein. Im Vorderzimmer werden sie sitzen und schweigend vor sich hinstarren. Das heißt, der Vater wird nicht sitzen, sondern am Ofen lehnen. Hoffentlich hat er eine Zigarre im Mund. Denn rauchen tut er für sein Leben gern. „Vater hält den Ofen, damit er nicht umfällt", sagte meine Mutter früher. Mit einem Male wird er „Gute Nacht" murmeln und klein und gebückt, denn er ist fast achtzig Jahre alt, in sein Schlafzimmer gehen. Nun sitzt sie ganz einsam und verlassen. Ein paarmal hört sie ihn nebenan noch husten. Schließlich wird es in der Wohnung vollkommen still sein. … Bei Grüttners oder Ternettes singen sie vielleicht „O du fröhliche, O du selige". Meine Mutter tritt ans Fenster und schaut auf die weißbemützten Häuserruinen gegenüber. Am Neustädter Bahnhof pfeift ein Zug. Aber ich werde nicht in dem Zuge sein.

Dann wird sie in ihren Kamelhaarpantoffeln leise und langsam durchs Zimmer wandern und meine Fotografien betrachten, die an den Wänden hängen und auf dem Vertiko stehen. In den Büchern, die ich geschrieben habe und die sie auf den Tisch gelegt hat, wird sie blättern. Seufzen wird sie. Und vor sich hinflüstern: „Mein guter Junge“. Und ein wenig weinen. Nicht laut, obwohl sie allein im Zimmer ist. Aber so, dass ihr das alte, tapfere Herz wehtut.

Wenn ich daran denke, ist mir es, als müsste ich, hier in München, auf der Stelle vom Stuhl aufspringen, die Treppen hinunterstürzen und ohne anzuhalten bis nach Dresden jagen. Durch die Straßen und Wälder und Dörfer. Über die Brücken und Berge und verschneiten Äcker und Wiesen. Bis ich endlich außer Atem vor dem Hause stünde, in dem sie sitzt und sich nach mir sehnt, wie ich mich nach ihr.

Aber ich werde die Treppen nicht hinunterstürzen. Ich werde nicht durch die Nacht nach Dresden rennen. Es gibt Dinge, die mächtiger sind als Wünsche. Da muss man sich fügen, ob man will oder nicht. Man lernt es mit der Zeit. Dafür sorgt das Leben. Sogar von euch wird das schon mancher wissen. Vieles erfährt der Mensch zu früh. Und vieles zu spät.

Meine liebe Mutter … Nun bin ich doch selber schon ein leicht angegrauter, älterer Herr von reichlich sechsundvierzig Jahren. Aber der Mutter gegenüber bleibt man immer ein Kind. Mutters Kind eben. Ob man sechsundvierzig ist oder Ministerpräsident von Bischofswerda oder Johann Wolfgang von Goethe persönlich. Das ist den Müttern, Gott sei Dank, herzlich einerlei!

Später wird sie sich eine Tasse Malzkaffee einschenken. Aus der Zwiebelmusterkanne, die in der Ofenröhre warm steht. Dann wird sie ihre Brille aufsetzen und meinen letzten Brief noch einmal lesen. Und ihn sinken lassen. Und an die fünfundvierzig Heiligabende denken, die wir gemeinsam verlebt haben. An Weihnachtsfeste besonders, die weit, weit zurückliegen. In längstvergangenen Zeiten, da ich noch ein kleiner Junge war.

An das eine Mal etwa, wo ich ihr einen großen, schönen, feuerfesten Topf gekauft hatte und mit ihm, als sie mich zur Bescherung rief, hastig durch den Flur rannte. Als ich ins Zimmer einbiegen wollte, begann ich strahlend: „Da, Mutti, hast du …“ Ich wollte natürlich rufen: „… einen Topf!“ Aber nein, Mutters feuerfester Topf kam leider, als ich in die Zielgerade einbog, mit der Tür in Berührung. Er zerbrach und ich stammelte entgeistert: „Da, Mutti, hast du – einen Henkel!“ Denn mehr als den Henkel hatte ich nicht in der Hand.

Wenn sie daran denkt, wird sie lächeln. Und einen Schluck Malzkaffee trinken. Und sich anderer Weihnachten erinnern. Vielleicht jenes Heiligabends, an dem ich ihr die „sieben Sachen“ schenkte. Verlegen überreichte ich ihr eine kleine, in Seidenpapier gewickelte Pappschachtel und sagte, während sie diese unterm Christbaum vorsichtig und gespannt auspackte: „Weißt du, ich habe doch nicht viel Geld gehabt – aber es sind sieben Sachen, und alle sieben sind sehr praktisch!“ In der Schachtel fand sie eine Rolle schwarzen Zwirn, eine Rolle weißen Zwirn, eine Spule schwarzer Nähseide, eine Spule weißer Nähseide, ein Briefchen Sicherheitsnadeln, ein Heftchen Nähnadeln und ein Kärtchen mit einem Dutzend Druckknöpfchen. Sieben Sachen! Da freute sie sich sehr und ich war stolz wie der Kaiser von Annan.

Oder ihr fällt jener Weihnachtsabend ein, an dem ich, nach der Bescherung, noch zu Försters Fritz, meinem besten Freunde, lief, um zu sehen, was denn der bekommen hatte. Seinen Eltern gehörte das Milchgeschäft an der Ecke Jordanstraße … Ganz plötzlich kam ich wieder nach Hause. Ich stand, als meine Mutter die Tür öffnete, blass und verstört vor ihr. Försters Fritz hatte eine Eisenbahn geschenkt bekommen, und als ich damit hatte spielen wollen, hatte er mich geschlagen!

Da stand ich nun klein und ernst vor ihr und fragte, was ich tun solle. Zurückschlagen hatte ich nicht können. Er war ja mein bester Freund. Und warum er mich eigentlich geschlagen hatte, begriff ich überhaupt nicht. Was hatte ich ihm denn getan?

Damals hatte meine Mutter zu mir gesagt: „Es war richtig, dass du nicht zurückgeschlagen hast! Einen Freund, der uns haut, sollen wir auch nicht prügeln, sondern mit Verachtung strafen." „Mit Verachtung strafen?" Ich machte kehrt.

„Wo willst du denn hin?", fragte meine Mutter.

„Wieder zurück!", erklärte ich energisch. „ Ihn mit Verachtung strafen!" Und so ging ich wieder zu Försters und verbrachte den Rest des Abends damit, meinen Freund Fritz gehörig zu verachten. Leider weiß ich nicht mehr, wie ich das im Einzelnen gemacht habe. Schade. Sonst könnte ich euch das Rezept verraten.

Oder meine Mutter wird an einen anderen Heiligabend denken, der nicht ganz so weit zurückliegt. Es sind höchstens zwanzig Jahre her – da gingen wir, nach unserer Bescherung, an den Albertplatz zu Tante Lina, um dabei zu sein, wenn der kleine Franz beschert bekäme. Franz war das Kind meiner früh verstorbenen Base Dora.

Ich war damals ungefähr fünfundzwanzig Jahre alt. Und plötzlich sagte Tante Lina, der Weihnachtsmann, der zum kleinen Franz hätte kommen sollen, habe in letzter

Minute wegen Überlastung abtelefoniert, und ich müsse ihn unbedingt vertreten! Sie zogen mir einen umgewendeten Pelz an, hängten mir einen großen weißen Bart aus Watte um, drückten mir einen Sack mit Äpfeln und Haselnüssen in die Hand und stießen mich in das Zimmer, wo Franz, der kleine Knirps, neugierig und etwas ängstlich auf den richtigen Weihnachtsmann wartete. Als ich ihn mit kellertiefer Stimme fragte, ob er auch gefolgt habe, antwortete er: O ja, das habe er schon getan. Und dann kitzelte mich der alberne Wattebart derartig in der Nase, dass ich laut niesen musste.

Und der kleine Franz sagte höflich: „Prost, Onkel Erich!" Er hatte den Schwindel von Anfang an durchschaut und hatte nur geschwiegen, um uns Erwachsenen den Spaß nicht zu verderben.

Meine Mutter in Dresden wird also an vergangene glücklichere Weihnachten denken. Und in München werde ich es auch tun. Erinnerungen an schönere Zeiten sind kostbar wie alte goldene Münzen. Erinnerungen sind der einzige Besitz, den uns niemand stehlen kann und der, wenn wir sonst alles verloren haben, nicht mit verbrannt ist. Merkt euch das! Vergesst es nie!

Während ich am Schreibtisch sitze, werden meiner Mutter vielleicht die Ohren klingen. Da wird sie lächeln und meine Fotografien anblicken, ihnen zunicken und flüstern: „Ich weiß schon, mein Junge, du denkst an mich."

Paula Grogger

Hirtenlied

Winterszeit – schönste Zeit
Erde liegt im Traum.
Und im Wald, grün und kalt
Steht ein Tannenbaum.

Kerze brennt im Advent
Rosenrot und still.
Frommer Brauch. Weißt du auch,
Was sie sagen will?

Mägdelein, hold und fein,
Winde einen Kranz!
Heb das Herz himmelwärts,
Weil das Jahr wird ganz.

Krippenheu hol herbei!
Schnell ein Pfaidlein mach!
Sieh, ein Stern leucht von fern
Schon auf unser Dach.

Ist ein Bot in der Not.
Ei, wir sein gerett:
Gotts Gewalt legt sich bald
In ein Kindelbett.

Hirtenknab mit dem Stab,
Nimm dein Hütel ab!
Bring dein Vieh, fall ins Knie
Mit der Opfergab.

Habt ihr all vor dem Stall
Euer Licht bereit?
Heilig Nacht kommet sacht
Aus der Ewigkeit.

Theodor Storm

Weihnachtslied

Vom Himmel in die tiefsten Klüfte
Ein milder Stern herniederlacht;
Vom Tannenwalde steigen Düfte
Und hauchen durch die Winterlüfte,
Und kerzenhelle wird die Nacht.

Mir ist das Herz so froh erschrocken,
Das ist die liebe Weihnachtszeit!
Ich höre fernher Kirchenglocken
Mich lieblich heimatlich verlocken
In märchenstille Herrlichkeit.

Ein frommer Zauber hält mich wieder,
Anbetend, staunend muss ich stehn;
Es sinkt auf meine Augenlider
Ein goldner Kindertraum hernieder,
ich fühl's, ein Wunder ist geschehn.

Donnerstag, den 24. Dezember 1964

Morgens: Danke, Herr. Wir sind wieder quitt. Du bist ein Tonikum, meine Nerven sind beruhigt, meine Langeweile überwunden, meine Liebe wieder in die richtigen Kanäle geleitet. Ich war abgefallen von dir und deinen Dingen, und du hast mir verziehen. Du bist so supergut, dass du schon fast superdumm bist.

Meine kleinen Geschwister träumen vom Jesuskind und von den Geschenken, die es ihnen bringen wird.

Bis gestern wusste ich nicht, dass ich der bin, der ich bin. Der mit der Soutane, der pünktlich zu jeder Versammlung erscheint, der bin ich nicht. Der gut erzogene, sorgfältig gekleidete Jüngling, der Höflichkeitsbesuche macht, der bin ich auch nicht. Ich bin der, der den Kopf voller Ideen hat, der unabhängiger werden will – mehr er selbst und darum auch näher bei Gott –, der sich nicht darum kümmert, was die Leute über seinen Bart und seine langen Haare sagen, der ein Mädchen erobern will, obwohl sich das für einen Seminaristen nicht schickt – der bin ich. Und die Liebe hämmert weiter, nicht nur die Liebe zu Gott, sondern auch die saubere, reine Liebe zu einem Mädchen.

Der Tag ist kalt und regnerisch. Das wird manchen den Heiligen Abend verderben. Aber ich finde diesen 24. Dezember wunderbar. Ich bin jetzt zu Hause. Vater und Mutter machen noch Einkäufe. Ich freue mich, dass Vater gekommen ist.

Abends: Vater hat ein Hündchen mitgebracht – ein süßes Hündchen von etwa zwei Monaten. Lolita war sofort begeistert. Sie spielen. Das Hündchen, wollig, spielerisch, leckt ihre Beine. Lolita schimpft mit ihm, und es senkt seinen Wolfskopf. Lolita strampelt, und es versteckt seinen Schwanz zwischen den dicken, gut geformten Pfoten. Die Unschuld eines kleinen Kindes Hand in Hand mit dem blinden, freundschaftlichen Instinkt eines Hundebabys.

Jene, die wie betäubt unter dicken Schichten Zeitungspapier schlafen, können keine fröhlichen Gesichter haben. Ich habe sie gesehen, fast verborgen unter dem Papier. Bei ihnen wird heute Nacht das Jesuskind schlafen, in ihrem Gestank und in ihrem Dreck. Die sauberen, gepflegten Kinder in ihren weißen Bettchen haben dafür ein neues Spielzeug im Arm.

Weihnachten: Verführungen, Saufgelage, Schändungen, Inzucht, Skandale. Und das Kind immer in der gleichen Pose fröhlichen Strampelns. Alle Jahre wieder, obwohl wir es besudeln und beflecken und unseren Dreck über ihm ausschütten. Immer kommt es wieder, weil es weiß, dass wir es brauchen. Und wenn es einmal nicht käme, wäre es endgültig aus mit uns. Das Jesuskind ist unbegreiflich.

Ludwig Thoma

Heilige Nacht

So ward der Herr Jesus geboren
Im Stall bei der kalten Nacht.
Die Armen, die haben gefroren,
Den Reichen war's warm gemacht.

Sein Vater ist Schreiner gewesen.
Die Mutter war eine Magd.
Sie haben kein Geld nicht besessen,
Sie haben sich wohl geplagt.

Kein Wirt hat ins Haus sie genommen,
Sie waren von Herzen froh,
Dass sie noch in Stall sind gekommen.
Sie legten das Kind auf Stroh.

Die Engel, die haben gesungen,
Dass wohl ein Wunder geschehn.
Da kamen die Hirten gesprungen
Und haben es angesehn.

Die Hirten, die will es erbarmen,
Wie elend das Kindlein sei.
Es ist eine G'schicht' für die Armen,
Kein Reicher war nicht dabei.

Bertolt Brecht

Maria

Die Nacht ihrer ersten Geburt war
Kalt gewesen. In späteren Jahren aber
Vergaß sie gänzlich
Den Frost in den Kummerbalken und rauchenden Ofen
Und das Würgen der Nachgeburt gegen Morgen zu.
Aber vor allem vergaß sie die bittere Scham,
Nicht allein zu sein,
Die dem Armen eigen ist.
Hauptsächlich deshalb
Ward es in späteren Jahren zum Fest, bei dem
Alles dabei war.
Das rohe Geschwätz der Hirten verstummte.
Später wurden aus ihnen Könige in der Geschichte.
Der Wind, der sehr kalt war,
Wurde zum Engelsgesang.
Ja, von dem Loch im Dach, das den Frost einließ,
    blieb nur
Der Stern, der hineinsah.
Alles dies
Kam vom Gesicht ihres Sohnes, der leicht war,
Gesang liebte,
Arme zu sich lud
Und die Gewohnheit hatte, unter Königen zu leben
Und einen Stern über sich zu sehen zur Nachtzeit.

Marianne Gruber

So um Weihnachten

Hätten sich die Nachbarn nicht manchmal seiner erbarmt, er wäre verhungert. Nahm er sich selbst einmal ein Stück Brot, so vermerkte sie, die Marie, es in einem Notizbuch, das dem Otto am Abend, wenn er von der Arbeit nach Hause kam, unter die Nase gehalten wurde, und der Otto verprügelte den Fritz dann. Es setzte Watschen, auch Faustschläge, und der kleinwüchsige, seit einer Kinderlähmung schwer gehbehinderte Fritz duckte sich dabei noch kleiner zusammen, beteuerte eh brav g'wesen zu sein, hielt sich die Hände vors Gesicht, was den Otto manches Mal noch mehr in Rage brachte, ließ nach einer Weile regelmäßig die Hände sinken und bot sein Gesicht von unten hochgestreckt den Schlägen dar, weil es ohnedies sinnlos war sich zu schützen, und der Otto nicht eher Ruhe gab, als bis er sich ausgeschlagen hatte.

Das Altersheim hatte der Fritz verlassen, weil die Marie, die dort aufräumte und damals noch recht umgänglich gewesen war, weil also die Marie heiratete und meinte, er könne ruhig mitziehen, sie ginge aufs Land, dort gäbe es bessere Luft, nicht den stickigen Mief der kleinen Stadtzimmer, die zu wenig gelüftet wurden, weil immer irgend einer fror. Er solle ihr die Rente überlassen, kochen müsse sie sowieso, auch Wäsche waschen und ob einer mehr oder weniger in der Baracke schliefe, zähle nicht.

Der Fritz bekam sehnsüchtige Augen, dachte an Landbrot, Speck und Wind, der zum geöffneten Fenster hereinblies, und willigte gerne ein, froh darüber, dem Altersheim entkommen zu können, in dem es weder ihn noch irgend einen anderen freute; in dem jeder jeden ansteckte mit seinem miesen Gesicht und dem unaufhörlichen Gejammere, dem er nichts entgegnen konnte, weil ihm selbst die ärgsten Jammerer noch immer beneidenswert erschienen. Sie erinnerten sich einer Zeit, da sie eine andere Rolle gespielt hatten als jetzt, während er sich seiner immer nur schwach, verkrüppelt, herumgestoßen erinnerte. Sie wussten noch um eine vergangene Nützlichkeit, während er sich immer nur hilflos gefunden hatte.

Na, du verbesserst es dir ja, sagten die anderen voll Neid, als er von seinen Plänen erzählte, und er selbst dachte, jetzt wird es dir endlich einmal gut gehen.

Dabei hätte er sich besser des Sprichwortes vom Esel erinnert, der – wenn es ihm zu gut geht – auf dem Eis tanzen möchte; oder: Ein Unglück kommt selten allein, wer Pech hat, dem bleibt es treu, und was picken bleibt, ist immer nur Dreck.

Warum lacht der Fritz nicht, fragte der Otto anfangs, und wenn er besoffen war, verlangte er vom Fritz, er solle singen, und wenn der nicht sang, weil er schon lange keine Lieder mehr kannte und weil ihm schon lange das Singen vergangen war, schlug ihn der Otto.

Den ganzn Tag schau i ma so miese G'friesa an und daham is a nix …

Die Marie soff regelmäßig mit und selbstverständlich ging die Rente vom Fritz dabei drauf, sodass zum Einkaufen und für Lebensmittel nichts mehr übrig blieb.

Der Fritz, der Hunger hatte, fragte aber trotzdem nach dem Essen. Wo sie doch nichts hatte. Der genierte sich nicht im mindesten, sie so bloßzustellen. Der erinnerte sie –

zumindest zu Anfang – an ihr gegebenes Versprechen, und zum Katzenjammer der Ernüchterung gesellte sich der seines Hungers und ihres Elends, an dem sie mit schuld war. Und zu all dem gesellte sich noch der Katzenjammer der Vorstellung, dass sie etwas ändern, etwas einsehen sollte, eine undefinierbare Aufforderung zu beidem, wo sie doch nicht die geringste Lust hatte. Und dann belauerte sie den Fritz noch mehr, damit sie dem Otto etwas zu berichten hatte, wenn er nach Hause kam, und damit der Fritz dann seine Hiebe bekam.

Manchmal sagte der Otto zur Marie: Gib ihm, gib ihm doch, und auch er dachte an ein Sprichwort, nämlich an das von der Kuh, die man nicht schlachten soll, wenn man sie melken will.

Freilich, wenig genug war zu melken. Von dem bisschen Rente war nicht viel zu leisten, und die Marie hätte schon ordentlich haushalten, jeden Groschen umdrehen müssen, ehe sie ihn ausgab; hätte rechnen und geizen müssen – nicht saufen. Aber außerhalb der Wochendelirien gab es für sie keinerlei Freude und a bisserl Freud braucht a jeda Mensch, ein Mensch sei doch ka Viech net, obwohl sie den Otto manchesmal Viech nannte und erst recht den Fritz, und obwohl der Otto – nicht mundfaul – dann zurückschimpfte und ebenfalls Viech sagte.

In seinem ungeheizten Zimmer in der Baracke muss der Fritz wahrscheinlich gefroren haben. Schmutzwäsche türmte sich im Raum, Mistkübel standen herum, es stank.

Der Verdacht liegt nahe, dass das Zimmer, in dem der Fritz hauste, gar kein Zimmer war – eher eine Rumpelkammer, in die hineingeschoben wurde, was man im Augenblick aus den Augen wollte, nicht brauchen konnte – so auch ihn.

Was gehst net z'ruck?, fragte ihn ein Nachbar, aber der Fritz schüttelte den Kopf.

Im Altersheim hams kan Platz mehr, sagte er. Den hams gleich weitergebn, wartn schon so viel drauf, und außerdem, wenn die Marie spitzkriegte, dass er wieder weg wollte, wo sie doch so scharf auf seine Rente war ... der Otto, der derschlagt mi no amal. Teppate Sau, sagte der Nachbar und ließ offen, wen er damit meinte. Aber der Otto, der ist stark, sinnierte er weiter, war sicherlich stark genug, skrupellos genug, um auch ihn, den Nachbar, zu dreschen, wenn er missliebig auffiel und wenn es dem Otto in den Sinn kam.

Glaubst?, fragte er laut.

Was ...?

Naja.

Hin und wieder steckte der Nachbar dem Fritz Brot zu. Hin und wieder sprach er mit ihm. Hin und wieder ließ er ihn sich ein wenig wärmen. Er lud ihn ein, komplimentierte ihn aber immer wieder bald zur Türe hinaus, so, als hielte er die Anwesenheit des Fritz nicht lange aus.

A so a teppate Sau, sagte er auch später noch des Öfteren, ließ aber auch da immer wieder offen, wen er meinte.

Der Otto, eines von sechs Kindern und immer nur in tristen Verhältnissen aufgewachsen, war wahrscheinlich wirklich ein dummes Schwein, auf seine Art auch ein armes. Hilfsarbeiter beim Bau, vier Klassen Volksschule und der Richter wird nie herausfinden, auch kein Psychiater wird jemals herausfinden, ob er seiner unbeschreiblichen Dummheit wegen nur vier Klassen Volksschule schaffte, oder ob er so dumm war, weil er nur vier Klassen besucht hatte.

Sicher, dort wo der Otto herkam, galt noch immer der

Satz, dass das Wichtigste für einen anständigen Menschen Arbeit war, also hatten auch die Kinder zu arbeiten. Darüber hinaus fiel das bildungswillige Alter beim Otto just in die Zeit der wirtschaftlichen Schwierigkeiten nach dem Krieg. Da musste man froh sein, wenn sich überhaupt etwas zum Anpacken fand, nämlich, wenn dafür bezahlt wurde, und dabei blieb es auch später: arbeiten. Nicht, dass es den Otto so sonderlich gefreut hätte, aber Arbeit gehörte – wie schon gesagt – zu einem anständigen Menschen, und als solchen fand er sich, auch wenn er nicht im geringsten darüber nachdachte.

Die Marie hingegen ist überhaupt nicht zu beurteilen, denn zu dem Zeitpunkt, zu dem die Gendarmen kommen, ist sie schon nicht mehr im Haus und taucht auch später nicht mehr auf.

Der Otto, der ihr auch sonst nichts Gutes nachsagte, sagt Gfrast und denkt, dass sie sich einen anderen angelacht hat, – der sie dafür bei sich wohnen lässt, sodass sie keinen Meldezettel braucht –, einen, der wahrscheinlich stark genug ist, der Umgebung den Mund zu stopfen.

Gsoffn ham ma, sagt der Otto, aber dagegen sei doch nichts einzuwenden, von Montag bis Freitag sei er meistens nüchtern gewesen. Auf die Frage, warum er den Fritz auch noch geschlagen hätte, als dieser schon bettlägerig war und nur deshalb ins Bett pischte, weil er einfach keine Kraft mehr hatte, um noch auf die Toilette gehen zu können, wo der Fritz also gar nichts für die Schweinerei konnte, auf die Frage sagt der Otto, dass ihm gegraust hätte.

Wo der Fritz geschlafen hätte, wird gefragt.

In der Küche, sagt der Otto und der Richter schüttelt den Kopf. Das war die Küche?

Die Nachbarn hätten sich über gar nichts aufgehalten, nichts gehört, nichts gesehen. Man habe auch in anderen Dingen miteinander keinerlei Kontakt gehabt. Im Wirtshaus ja, da und dort beim Saufen, aber das war Zufall, und im Allgemeinen schlafe man hier tief und traumlos.

Der Nachbar, der dem Fritz hin und wieder Brot gegeben, ihn sich hat wärmen lassen, wird nur ganz zufällig gefunden. Der Otto selbst nennt ihn beiläufig, a so a Umadumakriacha. Der Nachbar hat nicht im Traum daran gedacht, zur Gendarmerie zu gehen, obwohl alle aufgefordert worden waren, ihre Beobachtungen – einer muss doch gesehen, gehört haben, der Fritz muss doch geschrien haben bei den Verletzungen – obwohl also alle aufgefordert worden waren, ihre Beobachtungen zu Protokoll zu geben.

Der Nachbar sagt, dass er nichts weiß. Er denkt, dass der Otto so stark ist und irgendwann sicher wieder freigehen und zurückkommen wird. Und die Baracke wird man dem Otto nicht nehmen können, die gehört ihm. Und er, der Nachbar, hat wiederum nur sein kleines Häusl und sonst nichts, und wenn der Otto nach ein paar Jährchen herauskommt, wird der Nachbar wieder der Nachbar vom starken, jähzornigen Otto sein.

Knapp vor Weihnachten wird der Fritz bettlägerig, macht alles ins Bett, Urin und Scheiße rinnen weg, die Marie schimpft, putzt, hat bald vom Putzen genug, dann stinkt es, und der Otto flucht Scheißkerl. Ein paar Mal rafft sich die Marie auf und putzt doch wieder, das ist so eine Sache mit dem Gestank. Wenn dem Otto zu sehr graust – dass ihm noch grausen kann –, geht er wieder ins Wirtshaus, und eigentlich hat die Marie die Feiertage mit ihm zu

Hause verbringen wollen, in erster Linie im Bett, man hat so seine Bedürfnisse.

Als der Gestank dem Otto wieder einmal alles vergällt, geht er hin und haut den Fritz und weil der Fritz zu laut wimmert, schlägt er ihn weiter. Wie kommt er dazu, sich das anzuhören. Wie kommt er überhaupt dazu. Es geschieht, dass er manchmal etwas von Klage begreift und anklagen versteht. Wie kommt er dazu. Ganz tief, wo es keiner vermutet, nicht einmal der Otto selbst, spricht etwas, und die Stimme schlägt er im Fritz und wenn der Fritz losheult, schlägt der Otto die Stimme und wenn der Fritz spricht, spricht die Stimme.

Inzwischen ist der Christtag gekommen. Der Fritz sabbert in die Suppe: Komm, Herr Jesus, sei unser Gast und segne, was du uns bescheret hast. Kalt ist ihm, schwach ist ihm, zum Heulen zumute, wenn er sich trauen täte. Die Hände zittern dem Fritz und er verschüttet die Suppe. Die paar Löffel … Wie schön wars im Heim … Nicht einmal großer Gott denkt er mehr, auch nicht blauer, nicht grüner. Heim will er und weiß nicht, wo das ist. Bilder rollen durch seinen Kopf, und er ist ganz verwundert darüber, dass er Erinnerungen hat. Ja was denn, das gibts?

Und der Otto schlägt zu.

Draußen klirrt die Kälte, aber das spürt der Fritz nicht mehr. Es schneit. Auch das sieht er nicht mehr. Wenn man über den Platz vor der Baracke geht, knirscht der Schnee unter den Schritten, der Stephanitag ist da. Auch das weiß der Fritz nicht mehr, die letzten Schläge waren tatsächlich die allerletzten.

Aus is, sagt die Marie und ist sogar betroffen. Dann packt sie sich zusammen und rennt weg. Als die Gendarmen kommen, ist nur der Otto beim toten Fritz. Hat er sie selbst gerufen? Wars die Marie?

Schöne Bescherung, sagt der Otto. Der Fritz ist noch nicht ganz kalt, noch ein bisschen warm. Irgendwann ist er hinüber. Mit Schmerzen? Sanft entschlafen? Der Otto weiß es nicht, und die Stimme schreit. Ein paar Knochen bricht er dem Toten noch, weil er ihm den Mund schließen, ihn betten will.

Es wird ein klarer Wintertag. Die ganze Woche danach wird klar, glashart sind die Tage, von einer gläsernen Sonne übertüncht.

Herr, gib dem Fritz die ewige Ruhe, und das ewige Licht leuchte ihm, beten die Leute, und der Otto wird angeklagt werden, der Otto ganz allein. Und eigentlich gehts dem Fritz jetzt gut, der hats überstanden … Stille Nacht, Heilige Nacht und eigentlich hat man sich nichts vorzuwerfen, wo der Otto so stark ist, und zwischen den Kerzen am Christbaum und am Grab ist gar nicht so viel Unterschied, eigentlich gar keiner … Und ein Licht leuchtet in der Finsternis, der Mesner hat tatsächlich Kerzen angezündet.

Wen wollt ihr, Christus oder Barabbas?

Alle beide ans Kreuz, singt der Chor beim Begräbnis vom armen Fritz auf Gemeindekosten, alle miteinander ans Kreuz, wir sind so gefräßig, schwer satt zu kriegen, keiner darf uns entkommen …

Was ist er auch fort aus dem Heim? Vom kräftigen Essen hat er geträumt, von freundlicher Pflege und frischer Landluft …

Na die Luft hier – die ist wirklich frisch.

Rolf Hochhuth

Heilig Abend

Dampfgrauer Wolken tiefer rascher Gleitflug,
als ob ein Wirbel nasse Leichenlaken
der Wäscheleine wegriss im Spital.

Baustellen – doch die Arbeit abgebrochen.
Mit Kurzarbeitern zählen Arbeitslose
schon zweieinhalb Millionen …

Teerpappenschwarze Wälder; Wiesen faulbraun.
Der Dollar schwankt, doch stützt das Pfund noch,
gestützt von DM, die der Franken stützt.

Die Banken zinsen jetzt mit vier Prozent nur,
doch nehmen zwölf: Befehl des Präsidenten
der Bundesbank an seinen Prokuristen:

Den Bonner Kanzler. Geschlossene Schranken,
Autoschlangen – die wildgewordnen Scheibenwischer
putzen nur Glas, doch öffnen keinen Ausblick.

Betongedärme, Ausfallstraßen, Atlantikwall-Stil.
Statt Bäume vor den Häusern: wie angstgesträubte Haare
Antennen auf den Dächern, zur Volksberieselung.

Hysterisierte Fernseh-Bon(n)zen „tagen“ nachts:
Life darf Silvester nur das Kabinett noch
– nicht mehr das Kabarett gesendet werden!

Hautfahl wie unrasierte Wangen die Äcker unterm Regen.
Agonierendes Land, dem selbst der Schnee ausbleibt
– wie einem Sterbemüden nicht der Tod kommt.

Rosa Luxemburg

Brief an Sophie Liebknecht

Breslau, Mitte Dezember 1917

... Jetzt ist es ein Jahr, dass Karl in Luckau sitzt. Ich habe in diesem Monat oft daran gedacht, und genau vor einem Jahr waren Sie bei mir in Wronke, haben mir den schönen Weihnachtsbaum beschert ... Heuer habe ich mir hier einen besorgen lassen, aber man brachte mir einen ganz schäbigen, mit fehlenden Ästen – kein Vergleich mit dem vorjährigen. Ich weiß nicht, wie ich darauf die acht Lichtlein anbringe, die ich erstanden habe. Es ist mein drittes Weihnachten im Kittchen, aber nehmen Sie es ja nicht tragisch. Ich bin so ruhig und heiter wie immer. Gestern lag ich lange wach – ich kann jetzt nie vor ein Uhr einschlafen, muss aber schon um zehn ins Bett – dann träume ich Verschiedenes im Dunkeln. Gestern dachte ich also: wie merkwürdig das ist, dass ich ständig in einem freudigen Rausch lebe – ohne jeden besonderen Grund. So liege ich zum Beispiel hier in der dunklen Zelle auf einer steinharten Matratze, um mich im Hause herrscht die übliche Kirchhofstille, man kommt sich vor wie im Grabe, vom Fenster her zeichnet sich auf der Decke der Reflex der Laterne, die vor dem Gefängnis die ganze Nacht brennt. Von Zeit zu Zeit hört man nur ganz dumpf das ferne Rattern eines vorbeifahrenden Eisenbahnzuges oder ganz in der Nähe unter den Fenstern das Räuspern der Schildwache, die in ihren schweren Stiefeln ein paar Schritte langsam macht, um die steifen Beine zu bewegen. Der Sand knirscht so hoffnungslos unter diesen

Schritten, dass die ganze Öde und Ausweglosigkeit des Daseins daraus klingt in die feuchte, dunkle Nacht. Da liege ich still allein, gewickelt in diese vielfachen schwarzen Tücher der Finsternis, Langeweile, Unfreiheit des Winters – und dabei klopft mein Herz von einer unbegreiflichen, unbekannten inneren Freude, wie wenn ich im strahlenden Sonnenschein über eine blühende Wiese gehen würde. Und ich lächle im Dunkeln dem Leben, wie wenn ich irgendein zauberhaftes Geheimnis wüsste, das alles Böse und Traurige Lügen straft und in lauter Helligkeit und Glück wandelt. Und dabei suche ich selbst nach einem Grund zu dieser Freude, finde nichts und muss wieder lächeln über mich selbst. Ich glaube, das Geheimnis ist nichts anderes als das Leben selbst, die tiefe nächtliche Finsternis ist so schön und weich wie Sammet, wenn man nur richtig schaut. Und in dem Knirschen des feuchten Sandes unter den langsamen schweren Schritten der Schildwache singt auch ein kleines schönes Lied vom Leben – wenn man nur richtig zu hören weiß. [...]

Ach, Sonitschka, ich habe hier einen scharfen Schmerz erlebt; auf dem Hof, wo ich spaziere, kommen oft Wagen vom Militär, voll bepackt mit Säcken oder alten Soldatenröcken und Hemden, oft mit Blutflecken ..., die werden hier abgeladen, in die Zellen verteilt, geflickt, dann wieder aufgeladen und ans Militär abgeliefert.

Neulich kam so ein Wagen, bespannt statt mit Pferden mit Büffeln. Ich sah die Tiere zum erstenmal in der Nähe. Sie sind kräftiger und breiter gebaut als unsere Rinder, mit flachen Köpfen und flach abgebogenen Hörnern, die Schädel also unseren Schafen ähnlicher, ganz schwarz, mit großen, sanften Augen. Sie stammen aus Rumänien, sind

Kriegstrophäen ... die Soldaten, die den Wagen führen, erzählen, dass es sehr mühsam war, diese wilden Tiere zu fangen, und noch schwerer, sie, die an die Freiheit gewöhnt waren, zum Lastdienst zu benutzen. Sie wurden furchtbar geprügelt, bis dass für sie das Wort gilt „vae victis" ... An hundert Stück der Tiere sollen in Breslau allein sein; dazu bekommen sie, die an die üppige rumänische Weide gewöhnt waren, elendes und karges Futter.

Sie werden schonungslos ausgenutzt, um alle möglichen Lastwagen zu schleppen, und gehen dabei rasch zugrunde. – Vor einigen Tagen kam also ein Wagen mit Säcken hereingefahren, die Last war so hoch aufgetürmt, dass die Büffel nicht über die Schwelle bei der Toreinfahrt konnten. Der begleitende Soldat, ein brutaler Kerl, fing an, derart auf die Tiere mit dem dicken Ende des Peitschenstiels loszuschlagen, dass die Aufseherin ihn empört zur Rede stellte, ob er denn kein Mitleid mit den Tieren hätte! „Mit uns Menschen hat auch niemand Mitleid!", antwortete er mit bösem Lächeln und hieb noch kräftiger ein ... Die Tiere zogen schließlich an und kamen über den Berg, aber eins blutete ...

Sonitschka, die Büffelhaut ist sprichwörtlich an Dicke und Zähigkeit, und die war zerrissen. Die Tiere standen dann beim Abladen ganz still, erschöpft, und eins, das, welches blutete, schaute dabei vor sich hin mit einem Ausdruck in dem schwarzen Gesicht und den sanften schwarzen Augen, wie ein verweintes Kind. Es war direkt der Ausdruck eines Kindes, das hart bestraft worden ist und nicht weiß, wofür, weshalb, nicht weiß, wie es der Qual und der rohen Gewalt entgehen soll ... ich stand davor, und das Tier blickte mich an, mir rannen die Tränen herunter – [...]

Derweil tummelten sich die Gefangenen geschäftig um den Wagen, luden die schweren Säcke ab und schleppten sie ins Haus, der Soldat aber steckte beide Hände in die Hosentaschen, spazierte mit großen Schritten über den Hof, lächelte und pfiff leise einen Gassenhauer. Und der ganze herrliche Krieg zog an mir vorbei …

Schreiben Sie schnell, ich umarme Sie, Sonitschka.

Ihre Rosa

Sonjuscha, Liebste, seien Sie trotz alledem ruhig und heiter. So ist das Leben, und so muss man es nehmen, tapfer, unverzagt und lächelnd – trotz alledem.

Jochen Klepper

24. Dezember 1933 / Sonntag

Man macht sich leicht den Vorwurf, sich in die pittoresken Dinge des Weihnachtsfestes zu verlieben. Aber es steht doch mehr dahinter, wenn man die lieben Züge jeder Stunde festhalten möchte: nämlich das Erstaunen, dass nach allen Leiden und Zerstörungen eines Jahres soviel Freude, Wärme, Behagen, Glanz wiederkehrt.

[…]

Dank Hannis Eingehen auf meine Wünsche war schon am Morgen des Heiligen Abends keine Unrast im Hause, nur freudige Vorbereitung in Stuben und Küche. Die Glocken läuteten morgens und mittags, nahmen zu von allen Türmen um die Dämmerung vor der Christnacht, geleiteten einen heim von der Kirche, setzten um Mitternacht und nach der ersten Nachtstunde von Neuem ein, weckten und brachten zur Ruhe. Am Vormittag war Bachs Weihnachtskantate. Da rüstete ich Hannis Weihnachtstisch, und Reni saß bei mir in der Bibliothek am runden Tisch am Fenster über der Fülle der bunten Seidenpapiere und Goldpapiere, den grünen, roten, blauen, gelben Seidenbändern, Gold- und Silberstreifen. Alle Plätze für die Geschenke baute ich auf: Hanni, den Kindern, dem Mädchen. Darüber wurde es dämmerig. Hanni kam von den letzten Besorgungen heim. – Dann war die Stunde der Christnacht da. Überall in den Fenstern sahen Reni und ich schon die leuchtenden Christbäume, am schönsten in den Gartenzimmern der Nachbarvillen, aber auch die große Tanne im Freien zählt zum Festlichen. In die

Christnacht gehe ich um der Lieder und der Biblischen Geschichten und Sprüche willen.

An die Heimkehr von meinem Kirchgang schließen wir immer unmittelbar die Einbescherung an. Aber während der Christnacht waren, zu meiner besonderen Freude und obwohl wir Eremiten das nicht erwarten dürfen, zu unseren frischen Tulpen und Primeln und Alpenveilchen noch herrliche Rosen und weißer Flieder eingetroffen. Den Baum zünde ich an, mein Gabentisch für Hanni steht weiß überdeckt, und über meinem Schreibtisch, auf dem Hanni mir beschert, liegt auch ein weißes Tuch; aber diesmal war auch unter dem Weihnachtsbaum ein solches weißes, kleines Gebirge, und als zur Bescherung selbst Hanni das Tuch wegnahm, war ich diesmal der am meisten Überraschte und am reichsten Beschenkte: Im Nu hatte Hanni an die stärksten Zweige der Tanne zwei barocke Krippenengel, edelste Holzfiguren in herrlicher Malerei gehängt, und unter dem Tuch waren drei Hirten: große, klare Plastiken in zerschlissenen und verblichenen Gewändern; das Gesicht, die Hände und Füße, die Gesten, die Stellungen noch schöner, noch tiefer als unsere Apostelfiguren. Viel reicher hat Hanni mich beschenkt, als ich sie mit dem Renaissancetisch, dem sehr seltenen Zinnteller, dem auf Holz gemalten Barockbild.

Um Weihnachten erweist sich, ob man vergrämt, verbittert, hoffnungslos ist, oder ob das Leben und Gott, der es uns gab, einen ganz besitzen.

Wolfgang Langhoff

Stille Nacht, Heilige Nacht

Im Zellenflügel der Station I wird der Weihnachtsbaum gerichtet. Ein großer, schöner Baum. Er reicht von unten bis zur eisernen Galerie des ersten Stockes. Seine Äste erfüllen die ganze Breite des Flures.

Wir sind damit beschäftigt, die Lichter aufzustecken. Der Dekorateur aus meiner Zelle führt als Fachmann das große Wort. Sonst ist es ziemlich einsilbig unter uns …

Heute früh sind 250 Mann entlassen worden. Weihnachtsentlassungen. Sie wohnen fast alle in der Umgegend, zwei oder drei Stunden Bahnfahrt von hier. Heute Abend sitzen sie zu Hause, haben die Frau im Arm, das Kind auf dem Schoß … Wie haben ihre Gesichter geglüht, die Augen geleuchtet! Wir Zurückgebliebenen blickten ihnen nach, als sie über die Straße zum Bahnhof zogen. An der Ecke begannen sie plötzlich zu laufen.

„Schau nur, wie der Fritz die Kurve nimmt …"

„Junge, Junge, hat der's eilig."

„Wenn *ich* herauskomme, ich laufe auch so." –

Dann waren sie verschwunden. Wir sind an die Arbeit gegangen. Stumm. Versonnen.

Du hast dir doch denken können, dass du nicht dabei bist. Was willst du also? – Aber *der* war doch dabei, und *der*, und der *auch*! Warum eigentlich nicht ich? Warum nicht? – Meine Frau hätte Augen gemacht, wenn ich plötzlich in der Türe gestanden wäre! „Guten Tag. Gibts hier noch einen Platz für mich?" – Nein, das darf ich nicht sagen. Sie würde zu sehr erschrecken. Ich muss vorher vom Bahnhof aus antelephonieren. Oder noch besser, ich schicke ein Telegramm. Ja, das ist das Beste. Dann kann sie sich vorbereiten. Ich bin neugierig, wie das Zimmer aussieht. Sie sagt, es sei so klein wie eine Zelle. Schadet nichts. Eine Zelle – aber zu zweit. Und dann kommt der Abend, dann kommt die Nacht. Wenn sie doch nie aufhörte … Ich werde ihr sagen, dass wir uns nie mehr trennen wollen, dass wir …

„Wir müssen eine Liste machen von denen, die nichts von zu Hause geschickt bekommen haben."

„Gut. – Machen wir eine Liste."

Unter den Entlassenen waren viele, die schon ihre Weihnachtspakete erhalten hatten. Sie haben sie dagelassen zur gemeinsamen Verteilung an Bedürftige. Letzter Gruß an die Kameraden. Eine Kommission von Häftlingen wird bestimmt, die die Verteilung vornimmt. Wir können in unserer Station fünfzig Weihnachtsteller machen mit Backwerk, Wurst, Fett, Äpfeln, Nüssen, Zigarren und Zigaretten. Wir nehmen unsere Essnäpfe dafür und stellen sie auf langen Tischen, über die wir frische Bettlaken breiten, unter dem Baume auf.

Beim Notieren der Namen derer, die beschert werden sollen, ergeben sich Schwierigkeiten. Mancher, von dem wir wissen, dass er ein armer Teufel ist, weigert sich, auf die Liste gesetzt zu werden. Mit rotem Kopf stößt er unwirsch hervor:

„Ich will nichts. Lasst mich zufrieden. Verzichte."

Erst nach langem Überreden, nachdem wir sein empfindsames Herz beschwichtigt haben, willigt er ein. Kameraden kommen zu uns:

„Den müsst Ihr auch noch draufsetzen. Der hat noch nie etwas geschickt bekommen. Er wills nur nicht sagen."

Dann ist die Liste fertig. Wir verbringen die Stunden der Dämmerung auf der Treppe hockend. In den Zellen haben wir kein Licht. Die Stationswache im ersten Stock hat sich einen Radioapparat zugelegt. Weihnachtslieder, Glockenläuten, Orgelspiel tönt aus der Wachstube. So ein Zellenflügel ist wie eine Badeanstalt. Unten der Flur das Schwimmbassin. Eiserne Treppen zu den Galerien. Und es hallt alles so.

In leisen Gesprächen verfließt die Zeit. Dann wird der Baum angezündet. Vom oberen Saal kommen die Gefangenen in den Zellenflügel. Sie gehen langsam, zögernd, abwartend. Sie blicken misstrauisch auf den Baum hinunter. Sie kommen über die Treppe, über den Flur, sie setzen sich auf die Stühle und Bänke, die wir in langen Reihen aufgestellt haben.

Stille. Der Baum knistert, die Kerzen flackern. Verlegen, beklommen starren wir in die Lichter. Oben auf der Brücke beugt sich der Wachthabende über das Geländer: „Los, fangt schon an! Weihnachtslied singen!"

„Stille Nacht, Heilige Nacht …"

Nur drei oder vier Stimmen. Die andern schweigen und starren auf den Baum. –

Bittere Stunde des nagenden Heimwehs. Erbarmungslos ausgeliefert dem süßen Schmerz solcher Feier. Verschwimmende Augen, in denen sich die Lichter spiegeln, gebeugte Schultern, hoffnungslos auf den Knien ruhende Hände …

Ich lese aus dem Balladenbuch vor. Die „Brück' am Tay" von Fontane. „Kauft Zündhölzer!" „Weihnachten in der Großstadt".

Der Rest unseres Gesangschors (die besten Sänger sind heute entlassen) singt:

„Am Brunnen vor dem Tore, da steht ein Lindenbaum …“

Die Geschenke werden verteilt. Jeder holt seinen Teller ab. „Danke“, sagt er, „Dankschön …“

Es will keine Stimmung aufkommen. Alles bleibt in der Luft hängen. Halbe Sätze, geflüsterte Worte, unbehagliche Bewegungen.

Laut donnert es durch den Bau: „Station I Achtung!“

Wir springen hoch und nehmen Haltung an. Der Kommandant betritt die Station.

„Station I angetreten zur Weihnachtsfeier.“

„Danke. Hinsetzen. Weitermachen.“

Er kommt durch den Flur, zwischen den Stühlen durch, bis zum Baum. Sein Gesicht sieht noch blasser aus als sonst. Seine gefürchteten Augen stechen unter der schwarzen Mütze hervor. Er tritt vor den Baum. Er nimmt die Mütze ab. Ohne die Mütze sieht er ganz anders aus. Die Dämonie ist verschwunden. Der Dorfpolizist kommt zum Vorschein.

Er, der Eiserne, Harte, ist sichtlich ergriffen. Leise beginnt er, in sächsischem Tonfall: „Deutscher Lichterbaum. – Deutsche Weihnachten! …“

Oh, er versteht den Ton zu finden! Er spricht mit Gefühl. Sein verbissenes Gesicht glättet sich, Einfalt strahlt aus seinen Augen. Ein Kind steht so unter dem Weihnachtsbaum.

„Ich blicke in Eure ehrlichen Gesichter (seit wann haben wir ehrliche Gesichter?) und sehe Euch an: Ihr seid keine schlechten Menschen, keine Untermenschen. Und wenn auch dieses Weihnachten hart für Euch ist, auch für Euch schlägt einmal die Stunde der Freiheit! Helft dann mit am Aufbau unseres großen, neuen deutschen Vaterlandes.

Leistet willige Gefolgschaft unserem herrlichen Volkskanzler und Führer Adolf Hitler, der auch für Euer Glück, für Eure Zukunft kämpft, und der jetzt sicher sorgenvoll unter dem Lichterbaum steht und an sein Volk denkt. Deutsch sei unsere Feier! Deutsch bis ins Mark. Deutsch sein heißt Nationalsozialist sein. In diesem Sinne begehen wir das erste nationalsozialistische Weihnachtsfest."

Er setzt die Mütze auf, – er ist wieder der Alte, – der „Schwarze".

„Weitermachen! – Station I Achtung!"

Er verlässt die Station. Wir atmen auf.

Und dann habe ich angefangen, humoristische Gedichte vorzutragen. Ich habe stundenlang Witze erzählt. Bloß nicht den Kopf hängen lassen. Stimmung ist die Parole. Schließlich dröhnt der Bau vom Gelächter.

„Singen wir eins!"

Alle Mann singen begeistert nach einem Tonfilmschlager:

„Wir zahlen keine Miete mehr,
Wir sind auf der ‚Lichte' zu Haus'.
Und ist die Zelle noch so klein,
Wir machen uns gar nichts daraus.
Ein Meter fünfzig im Quadrat,
Wir haben ja wenig Gepäck,
Wenn die Zelle nur 'nen Strohsack hat,
Und wir werden halbwegs satt,
Dann ziehn wir nicht wieder weg!"

Am andern Vormittag, am ersten Weihnachtsfeiertag, wird ein Kamerad aus Station III zum Verhör in das Zimmer des Kommandanten geholt. Man hat irgendwo in Mitteldeutschland Waffen gefunden. Er soll etwas darüber wissen. Der Kommandant leitet das Verhör.

Nach zwei Stunden wird der Kamerad ins Lazarett getragen. Die Wände im Zimmer des Kommandanten sind mit seinem Blut bespritzt. Man sieht es noch nach den Feiertagen.

Hermann Hesse

Der Heiland

Immer wieder wird er Mensch geboren,
Spricht zu frommen, spricht zu tauben Ohren,
Kommt uns nah und geht uns neu verloren.

Immer wieder muss er einsam ragen,
Aller Brüder Not und Sehnsucht tragen,
Immer wird er neu ans Kreuz geschlagen.

Immer wieder will sich Gott verkünden,
Will das Himmlische ins Tal der Sünden,
Will ins Fleisch der Geist, der ewige, münden.

Immer wieder, auch in diesen Tagen,
Ist der Heiland unterwegs, zu segnen,
Unsern Ängsten, Tränen, Fragen, Klagen
Mit dem stillen Blicke zu begegnen,
Den wir doch nicht zu erwidern wagen,
Weil nur Kinderaugen ihn ertragen.

Bertolt Brecht

Die gute Nacht

Der Tag, vor dem der große Christ
zur Welt geboren worden ist
war hart und wüst und ohne Vernunft.
Seine Eltern, ohne Unterkunft
fürchteten sich vor seiner Geburt
die gegen Abend erwartet wurd.
Denn seine Geburt fiel in die kalte Zeit.
Aber sie verlief zur Zufriedenheit.
Der Stall, den sie doch noch gefunden hatten
war warm und mit Moos zwischen seinen Latten
und mit Kreide war auf die Tür gemalt
dass der Stall bewohnt war und bezahlt.
So wurde es doch noch eine gute Nacht
auch das Heu war wärmer, als sie gedacht.
Ochs und Esel waren dabei
damit alles in Ordnung sei.

Eine Krippe gab einen kleinen Tisch
und der Hausknecht brachte ihnen heimlich einen Fisch.
(Denn es musste bei der Geburt des großen Christ
alles heimlich gehen und mit List.)
Doch der Fisch war ausgezeichnet und reichte durchaus
und Maria lachte ihren Mann wegen seiner Besorgnis aus
denn am Abend legte sich sogar der Wind
und war nicht mehr so kalt, wie die Winde sonst sind.
Aber bei Nacht war er fast wie ein Föhn.
Und der Stall war warm und das Kind war sehr schön.
Und es fehlte schon fast gar nichts mehr
da kamen auch noch die Dreikönig daher!
Maria und Joseph waren zufrieden sehr.
Sie legten sich sehr zufrieden zum Ruhn
mehr konnte die Welt für den Christ nicht tun.

François Villon

Ballade, die Villon schrieb auf Bitten seiner Mutter als Gebet an die Gottesmutter

Herrin des Himmels, Herrscherin hienieden,
Der Sümpfe in der Hölle Kaiserin,
Nimm, schlichte Christin, mich in Deinen Frieden,
Führ mich zu den von Dir Erwählten hin,
Wenn ich auch dessen gar nicht würdig bin.
Gebietrin Du und Herrin, Deine Hulden
Sind so viel größer als mein Sündenschulden,
Ohn solches Gut kann keins die Himmel erben,
Dess' will ich sonder Lüge mich gedulden,
In diesem Glauben leb ich und will sterben.

Sag Deinem Sohn, ich wäre gänzlich sein,
Er möge meiner Sünden mich entladen
Und mir, wie der Ägypterin, verzeihn;
Wie auch Theophilus kam nicht zu Schaden,
Den Du von seiner Sünde wuschest rein,
Obwohl er sich dem Teufel hat verschrieben.
Bewahre mich vor solchen bösen Trieben,
Da, Jungfrau Du, ohn Makel und Verderben
Den Leib trugst, den wir in der Messe lieben.
In diesem Glauben leb ich und will sterben.

Ich bin nur eine arme alte Frau
Die gar nichts weiß, kein Buch in Händen hielt
Und las. In meines Sprengels Münster schau
Voll Harfen, Lauten, ich des Himmels Bild,
Die Hölle auch, drin Feuer den Bösen schwillt,
Eins schafft mir Furcht, das andre frohe Labe,
Gib, hohe Göttin, dass ich Freude habe.
Um Deine Gunst muss jeder Sünder werben,
Ohn Falsch und Trägheit, an des Glaubens Stabe.
In diesem Glauben leb ich und will sterben.

*V*ieledle Jungfrau, Fürstin, die getragen
*I*esum, den Herrn bis zu den fernsten Tagen,
*L*ud auf sich der Allmächtige unsre Plagen,
*L*ieß gern den Himmel, Heil uns zu erwerben,
*O*b Tod auch seiner teuren Jugend drohte.
*N*enn ich ihn, befolg ich die Gebote.
In diesem Glauben leb ich und will sterben.

Autoren- und Quellenverzeichnis

William Agudelo (* 1943 in Bolombolo, Kolumbien), *Donnerstag, den 24. Dezember 1964* (S. 101) aus: William Agudelo, Unser Lager bei den Blumen auf dem Felde. Ein lateinamerikanisches Tagebuch. © 1972 Peter Hammer Verlag, Wuppertal

Heinrich Böll (* 1917 in Köln; † 1985 in Kreuzau-Langenbroich), *Monolog eines Kellners* (S. 76) aus: Heinrich Böll. Werke. Band 2. Romane und Erzählungen 1953-1959. © 1989 Verlag Kiepenheuer & Witsch, Köln

Bertolt Brecht (* 1898 in Augsburg; † 1956 in Berlin), *Weihnachtslegende* (S. 28), *Maria* (S. 104), *Die gute Nacht* (S. 128) aus: Bertolt Brecht, Werke. Große kommentierte Berliner und Frankfurter Ausgabe, Band 13: Gedichte 3. © 2002 Suhrkamp Verlag, Frankfurt am Main; *Vom Brot und den Kindlein* (S. 91) aus: Bertolt Brecht, Werke. Große kommentierte Berliner und Frankfurter Ausgabe, Band 11: Gedichte 1. © 1988 Suhrkamp Verlag, Frankfurt am Main

Clemens von Brentano (* 1778 in Ehrenbreitstein (heute Koblenz); † 1842 in Aschaffenburg), *Wiegenlied* (S. 19)

Wilhelm Busch (* 1832 in Wiedensahl; † 1908 in Mechtshausen), *Der Stern* (S. 40)

Manfred Chobot (* 1947 in Wien), *christkind* (S. 35) aus: Helmuth A. Niederle (Hrsg.), Europa erlesen. Weihnachten. 1998 Wieser Verlag, Klagenfurt. © Manfred Chobot, Abdruck mit freundlicher Genehmigung des Autors

Günter Goepfert (* 1919 München), *Krippengang mit dem Großvater* (S. 25) aus: Günter Goepfert, Wenn die Kerzen brennen. © 1987 Verlagsanstalt Bayerland, Dachau

Paula Grogger (* 1892 in Öblarn; † 1984 in Öblarn), *Hirtenlied* (S. 98) aus: Paula Grogger, Gedichte. 1982 Verlag Styria, Graz-Wien-Köln (2. Auflage 1998). © Erbengemeinschaft Paula Grogger, Christian Vasold

Marianne Gruber (* 1944 in Wien), *So um Weihnachten* (S. 105) aus: Helmuth A. Niederle (Hrsg.), Europa erlesen. Weihnachten. 1998 Wieser Verlag, Klagenfurt. © Marianne Gruber, Abdruck mit freundlicher Genehmigung der Autorin

Hermann Hesse (* 1877 in Calw; † 1962 in Montagnola, Schweiz), *Der Heiland* (S. 127) aus: Hermann Hesse, Sämtliche Werke, Band 10: Die Gedichte. © 2002 Suhrkamp Verlag, Frankfurt am Main

Rolf Hochhuth (* 1931 in Eschwege), *Heilig Abend* (S. 113) aus: Rolf Hochhuth, Alle Erzählungen, Gedichte und Romane. © 2001 Rowohlt Verlag, Reinbek bei Hamburg

Peter Huchel (* 1903 in Lichterfelde bei Berlin; † 1981 in Staufen), *Dezember 1942* (S. 58) aus: Peter Huchel, Chauseen Chauseen. Gedichte. © 1963 S. Fischer Verlag, Frankfurt am Main

Hans Henny Jahnn (* 1894 in Stellingen; † 1959 in Hamburg), *18. Dezember 1915* (S. 59) aus: Hans Henny Jahnn, Aus dem norwegischen Tagebuch 1915/1916. © 1970 Hoffmann und Campe Verlag, Hamburg

Norbert C. Kaser (* 1947 in Brixen; † 1978 in Bruneck), *Christtag* (S. 64) aus: Benedikt Sauer/Erika Wimmer-Webhofer (Hrsg.), norbert c. kaser. Gesammelte Werke, Band 2: Prosa. © 1989 Haymon Verlag, Innsbruck

Erich Kästner (* 1899 in Dresden; † 1974 in München), *Sechsundvierzig Heiligabende* (S. 93) aus: Erich Kästner, Gesammelte Schriften für Erwachsene, Band 7. 1969 Droemersche Verlagsanstalt Th. Knaur Nachf., München, Zürich © Atrium Verlag, Zürich

Jochen Klepper (* 1903 in Beuthen an der Oder; † 1942 in Berlin), *24. Dezember 1933 / Sonntag* (S. 119) aus: Jochen Klepper, Unter dem Schatten deiner Flügel. Aus den Tagebüchern der Jahre 1932-1942. © 1956 Deutsche Verlags-Anstalt München in der Verlagsgruppe Random House

Wolfgang Langhoff (* 1901 in Berlin; † 1966 in Ost-Berlin), *Stille Nacht, Heilige Nacht* (S. 121) aus: Wolfgang Langhoff, Die Moorsoldaten. 13 Monate Konzentrationslager. © Schweizer Spiegel Verlag, Zürich (faksimilierter Nachdruck der Erstausgabe 1935)

Rosa Luxemburg (* 1871 Zamość in Polen; † 1919 in Berlin), *Brief an Sophie Liebknecht* (S. 115)

Karl Merkatz (* 1930 in Wiener Neustadt), *Die vier Kerzen* (S. 11), *Wie waren Weihnachten?* (S. 27). Erstveröffentlichungen. © Karl Merkatz

Walter Müller (* 1950 in Salzburg), *Die Hirten damals* (S. 44) aus: Walter Müller, Engel, Engel scharenweise. Geschichten und Gedichte zum Advent. 2002 Argon Verlag, Berlin. © S. Fischer Verlag, Frankfurt am Main

Christine Nöstlinger (* 1936 in Wien), *Lieber, guter Weihnachtsmann ...* (S. 41), *Ans Christkind* (S. 79) aus: Christine Nöstlinger, Fröhliche Weihnachten, liebes Christkind! © 2008 Patmos Verlag/Sauerländer Verlag, Düsseldorf

Georg Paulmichl (* 1960 in Schlanders, Südtirol), *Geehrter Tischler Peppi!* (S. 89) aus: Vom Augenmaß überwältigt. Briefe, Glossen und Bilder. © 2001 Haymon Verlag, Innsbruck

Gerhard Polt (* 1942 in München), *Meine erste Revolution* (S. 36) aus: Gerhard Polt, Circus Maximus. © 2002 Kein & Aber, Zürich

Margret Rettich (* 1926 in Stettin), *Die Geschichte vom Weihnachtsbraten* (S. 46) aus: Margret Rettich: Wirklich wahre Weihnachtsgeschichten. © 1986 und 2001 Verlag Carl Ueberreuter, Wien

Rainer Maria Rilke (* 1875 in Prag; † 1926 bei Montreux, Schweiz), *Das Christkind* (S. 80)

Joachim Ringelnatz (* 1883 in Wurzen, Sachsen; † 1934 in Berlin), *Weihnachten* (S. 50)

Luise Rinser (* 1911 in Landsberg-Pitzling, Oberbayern; † 2002 in Unterhaching bei München), *Schaufel und Besen* (S. 30) aus: Luise Rinser, Weihnachts-Triptychon. 1963 Verlag die Arche, Zürich. © Christoph Rinser, Abdruck mit freundlicher Genehmigung durch Christoph Rinser

Theodor Storm (* 1817 in Husum; † 1888 in Hanerau-Hademarschen), *Weihnachtslied* (S. 100)

Wolfgang A. Teuschl (* 1943 in Wien; † 1999 in Wien), *Wia da Jesus auf d Wöd kuman is* (S. 42) aus: Wolfgang A. Teuschl, Da Jesus und seine Hawara. 2004 Karl Schwarzer Verlag, Purkersdorf/Wien. © Residenz Verlag St. Pölten-Salzburg

Ludwig Thoma (* 1867 in Oberammergau; † 1921 in Rottach am Tegernsee), *Heilige Nacht* (S. 103)

Georg Trakl (* 1887 in Salzburg; † 1914 in Krakau), *Ein Winterabend* (S. 24)

Kurt Tucholsky (* 1890 in Berlin; † 1935 in Göteborg), *Groß-Stadt – Weihnachten* (S. 66)

François Villon (* 1431 in Paris; † nach 1463), *Ballade, die Villon schrieb auf Bitten seiner Mutter als Gebet an die Gottesmutter* (S. 130) aus: François Villon. Sämtliche Dichtungen. Französisch mit deutscher Übertragung von Walter Küchler. © 1997 Wissenschaftliche Buchgesellschaft, Darmstadt (ursprünglich: 1962 Verlag Lambert Schneider, Heidelberg)

Karl Heinrich Waggerl (* 1897 in Bad Gastein; † 1973 in Schwarzach im Pongau), *Worüber das Christkind lächeln musste* (S. 21) aus: Karl Heinrich Waggerl, Und es begab sich. © 2004 Otto Müller Verlag, Salzburg (51. Auflage)

Weihnachtsgeschichte nach Lukas (S. 33)

Josef Weinheber (* 1892 in Wien; † 1945 in Kirchstetten, Niederösterreich), *Anbetung des Kindes* (S. 57) aus: Josef Weinheber, Weihnachtsgedichte. Sämtliche Werke. © 1979 Otto Müller Verlag, Salzburg

Hugo Wiener (* 1904 in Wien; † 1993 in Wien), *Eine schöne Bescherung* (S. 68) aus: Hugo Wiener, Krokodile fliegen nicht. © 1974 Amalthea Signum Verlag, Wien

Oscar Wilde (* 1854 in Dublin; † 1900 in Paris), *Der eigensüchtige Riese* (S. 51) aus: Oscar Wilde, Die Erzählungen und Märchen. Aus dem Englischen übersetzt von Felix Paul Greve und Franz Blei. 1910 Insel Verlag, Leipzig. © Erbengemeinschaft Franz Blei – vertreten durch Internationaal Literatuur Bureau B.V. Amsterdam-Holland

Der Verlag dankt den Inhabern der Rechte für die Genehmigung zum Abdruck der Texte. Für einige Texte waren die Inhaber der Rechte leider nicht zu ermitteln; Rechteinhaber dieser Texte werden gebeten, sich an den Verlag zu wenden.